A. G. Roemmers

# Die Rückkehr des Prinzen

A. G. Roemmers

# Die Rückkehr des Prinzen

Roman

Übersetzung aus dem argentinischen Spanisch
von Matthias Strobel

Ehrenwirth

Dieser Titel ist auch als Hörbuch und E-Book erschienen

Titel der argentinischen Originalausgabe:
»El regreso del Joven Príncipe«


Textredaktion: Lena Schäfer
Umschlaggestaltung: Thomas Krämer
Illustration: © Laurie Hastings
Satz: Greiner & Reichel, Köln
Gesetzt aus der Goudy Old Style
Druck und Einband: CPI books GmbH – Leck, Germany

Printed in Germany
ISBN 978-3-431-03933-7

5 4 3 2 1

Sie finden uns im Internet unter: www.luebbe.de
Bitte beachten Sie auch: www.lesejury.de

# Prolog

Vor einigen Jahren hatte ich bei einem kurzen Aufenthalt in Buenos Aires das Glück, Alejandro Guillermo Roemmers kennenzulernen. Ich hatte meinen Cousins François und Jean d'Agay, den Enkeln Antoine de Saint-Exupérys, von meinem Vorhaben erzählt, den Spuren der Piloten zu folgen, die einst die Stationen der Flugpostlinie zwischen Argentinien und Chile eingerichtet hatten. Daraufhin hatten sie mir Roemmers' Adresse gegeben und mich ermuntert, ihn zu kontaktieren. Nach meiner Ankunft in Argentinien rief ich ihn sofort an, und wir verabredeten uns zum Abendessen. Bei dieser Gelegenheit erzählte er mir von seinem Roman *Die Rückkehr des Prinzen.* Wir sprachen den ganzen Abend über nichts anderes, und als ich zu meiner langen Reise nach Patagonien aufbrach, hatte ich ein Exemplar des Buches im Gepäck.

Die Einführung für diese erste Ausgabe von *Die Rückkehr des Prinzen* hatte Frédéric d'Agay, ein Großneffe Saint-Exupérys und damaliger Präsident der Antoine-de-Saint-Exupéry-Stiftung, verfasst. Darin hieß es: »Alejandro Roemmers hat sich seinen kindlichen Geist bewahrt, und als er in Argentinien auf den Prinzen traf, wollte er uns davon erzählen und unsere Aufmerksamkeit auf die Poesie und die Essenz des Lebens lenken.«

Mein Verwandter Frédéric hatte recht. Roemmers ist nicht nur ein anerkannter Poet, er ist auch ein Geschäftsmann, der immerzu auf Reisen ist – meist auf Einladung von Schulen und Universitäten –, um sein Buch und seine Ideen zu präsentieren. Seine tief verinnerlichte Botschaft lautet: Mit Bildung, Glaube, Mut und Selbstlosigkeit lassen sich Armut, Analphabetismus und Pessimismus überwinden. Besondere Bedeutung misst er der Magie der Liebe bei, nur sie kann seiner Meinung nach dem Werteverlust der heutigen Welt etwas entgegensetzen.

Dieses Buch erzählt von einer Reise durch die trostlosen Weiten Patagoniens. Ein Erwachsener trifft auf einen Jugendlichen, der ihn zwingt, alle Fassaden fallen zu lassen. Dieser Jugendliche verändert ihn und seine Sicht auf die Welt, indem er ihm schlichte Fragen zu den bedeutendsten philosophischen Themen stellt. So ist dieses Buch für Jugendliche eine Initiationsreise und für Erwachsene, die aus der Spur geraten sind, eine Rückbesinnung auf die Wurzeln.

In mancherlei Hinsicht ist *Die Rückkehr des Prinzen* eine Bibel des 21. Jahrhunderts, geschrieben von einem Mann, der an die große Veränderung glaubt, obwohl er in einer Gesellschaft lebt, die jegliche unorthodoxe Politik ablehnt und deren Bildungssystem nicht gerade eine Botschaft der Hoffnung verbreitet.

Dieses Buch führt uns zu den Werten zurück, die wir niemals hätten aufgeben dürfen: Nächstenliebe, Brüderlichkeit, Höflichkeit, Familie – die Grundpfeiler jeder zivilisierten Gesellschaft.

Durch seinen Helden erinnert uns der Poet und Schriftsteller Alejandro Roemmers daran, dass einst Männer wie die Pioniere der Postfluggesellschaft Aeropostal, Männer wie der große Pilot Antoine de Saint-Exupéry, mit ihrem Mut und ihrer Entsagung, mit ihrer Vision und manchmal auch mit ihrem Leben den richtigen Weg gewiesen haben.

*Die Rückkehr des Prinzen* leuchtet uns auf unserem Weg und gibt uns den Glauben an die alles verändernde Kraft der Liebe zurück.

Bruno d'Agay
Ein Verwandter von
Antoine de Saint-Exupéry

## *Einige Worte zur Einführung*

In einer vom Krieg zerstörten Welt, die in atemberaubender Geschwindigkeit ihre Unschuld und Lebensfreude verlor, schrieb ein unerschrockener französischer Pilot, Antoine de Saint-Exupéry, ein Buch, das bald schon zum universellen Symbol der verlorenen Werte werden sollte: *Der kleine Prinz*.

Saint-Exupérys Traurigkeit und Enttäuschung über eine Welt, die im Begriff stand, die dem Menschen innewohnende Herzensgüte und Spiritualität zu vergessen, waren mehr als jedes feindliche Flakfeuer der Grund, dass er auf einem Erkundungsflug im Mittelmeerraum verschwand.

Wie viele Menschen, die *Der kleine Prinz* gelesen haben, hat auch mich die Reinheit seiner Botschaft zutiefst beeindruckt. Und wie Saint-Exupéry erschauderte auch ich, als dieser Junge, den ich tief in mein Herz geschlossen hatte, auf seinen Asteroiden zurückkehrte.

Erst viel später begriff ich, dass der Hass, das Unverständnis, der Mangel an Solidarität, die materialistische Weltsicht und viele andere Bedrohungen es ihm unmöglich machten, auf unserem Planeten zu leben.

Oft habe ich mich gefragt – und du dich vielleicht ebenso –, was aus diesem besonderen Jungen geworden wäre, hätte er weiterhin unter uns gelebt. Wie hätte seine Jugend ausgesehen? Hätte er sich seine Herzensfrische bewahren können?

Ich habe viele Jahre gebraucht, um Antworten auf diese Fragen zu finden, und es ist gut möglich, dass diese Antworten nur für mich gültig sind. Vielleicht aber – und darauf hoffe ich – tragen sie dazu bei, uns den Weg zu dem Kind zu weisen, das wir alle in uns tragen.

Deshalb wage ich es, dir, lieber Leser, am Beginn eines neuen Jahrhunderts, ja eines neuen Jahrtausends, zu schreiben, in der Hoffnung, dir eine positivere Weltsicht vermitteln zu können, damit du nicht weiter so traurig bist.

Solltest du auf ein Foto hoffen, so tut es mir leid, dass ich deine Neugier nicht befriedigen kann. Seit Jahren schon habe ich auf Reisen weder Fotoapparat noch Videokamera dabei. Ich habe nämlich festgestellt, dass meine Freunde sich so sehr auf die Bilder konzentrierten, dass sie meine Worte kaum noch zur Kenntnis nehmen. Zeichnungen hingegen wollte ich sehr wohl hinzufügen, um die Erzählung ein wenig aufzulockern. Nach mehreren Versuchen, die weder einen Erwachsenen noch ein Kind befriedigt hätten, beschloss ich, meine gute Freundin Laurie Hastings zu bitten, einige der Augenblicke, an die ich mich am lebhaftesten erinnere, wieder heraufzubeschwören. Lass dir durch ihre Bilder nicht deine Fantasie einschränken, denn du darfst nicht vergessen, dass Laurie nie in Patagonien war und den geheimnisvollen Jugendlichen aus dieser Erzählung nie kennengelernt hat. Aber vielleicht helfen dir die Zeichnungen dabei, durch meine Worte hindurchzusehen, so wie der kleine Prinz durch die Kiste das Schaf sehen konnte.

Ebenso hoffe ich auf Nachsicht dafür, lieber Leser, dass ich die Gedanken und Reflexionen mit aufgenommen habe, die mir in den jeweiligen Situationen in den Sinn kamen. Ich wollte sie bei der Niederschrift nicht unterschlagen.

Nachdem dies alles gesagt ist, will ich dir nun erzählen, was geschehen ist. Wenn du dich einsam fühlst, wenn dein Herz rein ist, wenn deine Augen sich ihre kindliche Neugier bewahrt haben, wirst du beim Lesen dieser Seiten vielleicht entdecken, dass die Sterne dir zulächeln. Und womöglich kannst du sie dann hören, als wären es fünfhundert Millionen Glöckchen.

# 1. Kapitel

Ich war mit meinem Auto auf einer einsamen Landstraße in Patagonien unterwegs – einem verlassenen Landstrich im Süden Argentiniens, der seinen Namen einem Indiostamm mit angeblich überproportional großen Füßen verdankt –, als mir plötzlich ein merkwürdiges Etwas am Wegesrand ins Auge sprang. Instinktiv nahm ich den Fuß vom Gaspedal und stellte verwundert fest, dass dort eine blaue Decke lag, unter der lediglich eine blonde Haarlocke hervorlugte. Ich hielt an und stieg aus. Und tatsächlich lag direkt vor mir, Hunderte Kilometer vom nächsten Ort entfernt, inmitten

einer Ödnis, in der weit und breit kein Haus zu sehen war, kein Weidenzaun, ja nicht einmal ein Baum, ein Jugendlicher auf dem Boden und schlief. Auf seinem Engelsgesicht war nicht der leiseste Hauch einer Sorge zu erkennen.

Was ich für eine Decke gehalten hatte, war in Wahrheit ein langer blauer Mantel mit Schulterklappen und purpurfarbenem Innenfutter. Darunter kamen weiße Reithosen zum Vorschein, die in glänzenden Lederstiefeln steckten.

Der Jugendliche hatte etwas von einem Prinzen, was so gar nicht zu diesen Breiten passen wollte. Sein gelber Schal flatterte verspielt im Frühlingswind und war kaum von seinen Haaren zu unterscheiden, was ihm etwas verträumt Melancholisches verlieh.

Eine Weile stand ich einfach nur da und staunte über dieses unerklärliche Rätsel. Es war, als hätte der Wind, der wirbelnd von den Bergen herunterwehte, den Unbekannten vom Staub verschont.

Mir war sofort klar, dass ich ihn nicht dort liegen lassen konnte, hilflos in dieser Einsamkeit, ohne Wasser und Nahrung. Obwohl er keinerlei Gefahr ausstrahlte, musste ich einen inneren Widerstand überwinden, bevor ich mich ihm näherte, und es kostete mich einige Mühe, ihn in die Arme zu nehmen und auf den Beifahrersitz zu setzen.

Dass er dabei nicht aufwachte, überraschte mich so sehr, dass ich schon befürchtete, er wäre tot. Doch ein schwacher, wenn auch regelmäßiger Puls verriet mir, dass dem nicht so war. Wie seine Hand schlaff auf dem Sitz lag, hätte man meinen können, ein Engel wäre vom Himmel auf die Erde herabgestiegen. Später sollte ich erfahren, dass der Junge lediglich am Ende seiner Kräfte war.

Ich fuhr weiter und dachte darüber nach, wie doch die Erwachsenen mit ihren ständigen Warnungen, mit denen sie uns schützen wollen, eine Kluft zwischen uns und unseren Mitmenschen schaffen, mit dem Ergebnis, dass wir uns unbehaglich fühlen, wenn wir jemanden berühren oder ihm auch nur in die Augen sehen.

»Ich habe Durst«, sagte der Junge plötzlich. Ich erschrak fast zu Tode, denn ich hatte ihn vollkommen vergessen. Obwohl er leise gesprochen hatte, war seine Stimme so klar wie Wasser.

Auf langen Reisen wie dieser, die über drei Tage dauerte, hatte ich immer genügend zu essen und zu trinken dabei, um lediglich zum Tanken anhalten zu müssen. Ich gab dem Fremden also eine Flasche Wasser, einen Plastikbecher und ein in Aluminium eingewickeltes Sandwich, das mit Fleisch und Tomaten belegt war. Er aß und trank, ohne ein Wort zu sagen. In meinem Kopf drängten sich derweil unzählige Fragen: *Woher kommst du?*, *Wie hat es dich hierher verschlagen?*, *Wieso hast du da am Straßenrand gelegen?*, *Hast du Eltern?*, *Wo sind sie?* Noch heute wundere ich mich darüber, dass ich in diesen endlosen zehn Minuten, in denen der Junge sich stärkte, meine überschäumende Neugier und meinen natürlichen Helferdrang zügeln konnte. Er trank und aß derweil, als wäre es die normalste Sache der Welt, dass jemand ihn inmitten der Ödnis aufsammelte und ihm Wasser und ein Sandwich anbot.

»Danke«, sagte er, als er aufgegessen hatte, und lehnte sich ans Fenster, als genügte dieses eine Wort, um all meine Fragen zu beantworten.

In diesem Moment wurde mir bewusst, dass ich ihn nicht einmal gefragt hatte, wo er hinwollte. Da er am rechten Straßenrand gelegen hatte, war ich wie selbstverständlich davon ausgegangen, dass er in Richtung Süden unterwegs war, dabei war es viel wahrscheinlicher, dass er nach Buenos Aires wollte, und Buenos Aires lag im Norden.

Es ist schon merkwürdig, wie sehr wir zu der Annahme neigen, dass alle in dieselbe Richtung wollen wie wir selbst.

Als ich mich ihm wieder zuwandte, war es bereits zu spät, ihn zu fragen. Der Schlaf hatte ihn längst wieder übermannt und in weite Fernen getragen.

## 2. Kapitel

Sollte ich ihn aufwecken? Nein, wir mussten weiter, ob nach Norden oder Süden, war egal.

Ich beschleunigte. Diesmal würde ich keine Lebenszeit mit der Frage verschwenden, welche Richtung ich einschlagen sollte.

In solcherlei Gedanken versunken, bemerkte ich plötzlich, dass zwei blaue Augen mich neugierig von der Seite betrachteten.

»Hallo«, sagte ich und sah kurz zu dem geheimnisvollen Jungen hinüber.

»Was ist das für ein merkwürdiger Apparat, in dem wir da sitzen?«, fragte er und ließ seinen Blick umherschweifen. »Wo sind die Flügel?«

»Meinst du das Auto?«

»Auto? Kann es denn nicht von der Erde abheben?«

»Nein«, antwortete ich, leicht in meinem Stolz gekränkt.

»Und kann es diesen grauen Streifen nicht verlassen?«, fragte er weiter, deutete nach vorn und brachte mich in Erklärungsnöte.

»Diesen Streifen nennt man Straße«, erläuterte ich und

dachte zugleich: *Wo kommt der denn her?* »Wenn wir ihn bei dieser Geschwindigkeit verlassen, endet das tödlich.«

»Sind Straßen immer so tyrannisch? Wer hat sie erfunden?«

»Der Mensch.«

Es fiel mir alles andere als leicht, Antworten auf seine einfachen Fragen zu finden. Wer war dieser Junge, der so viel Unschuld ausstrahlte und zugleich mir nichts, dir nichts meine eingefleischten Glaubensätze aus den Angeln hob?

»Woher kommst du? Wie hat es dich hierher verschlagen?«, fragte ich ihn. Sein Blick kam mir plötzlich merkwürdig vertraut vor.

»Gibt es viele Straßen auf der Erde?«, fragte er zurück, ohne meinen Worten die geringste Beachtung zu schenken.

»Ja, unendlich viele.«

»Ich komme von einem Ort, an dem es keine Straßen gibt«, sagte er.

»Hier würden die Leute sich ohne Straßen verirren.« Meine Neugier wuchs und wuchs, ich wollte endlich wissen, wer er war und woher er kam.

»Wenn es mal keine Straßen gibt«, fuhr er ungerührt fort, »blicken die Leute dann nicht zum Himmel, um sich zu orientieren?« Er sah zum Fenster hinaus nach oben.

»Nachts kann man sich durchaus an den Sternen orientieren. Aber tagsüber ist das Licht so grell, dass man erblinden könnte.«

»Ah!«, rief der Junge. »Blinde sehen, was niemand zu sehen wagt. Sie werden auf diesem Planeten bestimmt sehr geschätzt.«

Ich wusste nicht, was ich darauf antworten sollte. Also schwiegen wir, während der Wagen weiter auf dem tyrannischen grauen Streifen dahinrollte.

# *3. Kapitel*

Da ich vermutete, dass er aus Schüchternheit nicht geantwortet hatte, beschloss ich nach einer Weile, nachzuhaken.

»Was ist mit dir passiert? Du kannst es mir ruhig erzählen. Wenn du Hilfe brauchst, lass es mich wissen.«

Doch der Junge schwieg weiterhin.

»Du kannst mir vertrauen. Sag mir, wie du heißt und welches Problem du hast«, drängte ich, denn ich wollte mich nicht geschlagen geben.

»Welches Problem?«, antwortete er schließlich.

Ich lächelte ihn an, damit er Vertrauen fasste.

»Du lagst mitten im Nirgendwo auf der Straße, also hast du garantiert ein Problem.«

Er dachte kurz nach und stellte dann eine überraschende Frage: »Was genau ist ein Problem?«

Ich grinste, weil ich dachte, er meine es ironisch.

»Was ist ein Problem?«, fragte er noch einmal, und mir wurde klar, dass er tatsächlich eine Antwort erwartete. Verwundert überlegte ich, ob ich die Frage vielleicht falsch verstanden hatte.

»*Problem, problème* …«, versuchte ich es mit anderen Sprachen, obwohl das Wort in allen Sprachen mehr oder weniger gleich klang.

»Das Wort habe ich gehört«, unterbrach er mich. »Aber könntest du mir bitte erklären, was es bedeutet?«

Krampfhaft versuchte ich, mich an die Definition im Wörterbuch zu erinnern. Ich konnte kaum fassen, dass ein Jugendlicher in einer Welt, die vor Problemen nur so strotzte, nicht wusste, was ein Problem war. Schließlich begriff ich, dass ich seinem durchdringenden Blick nicht entkommen würde, und versuchte es mit einer Erklärung, die ich mir selbst ausgedacht hatte.

»Ein Problem ist wie eine Tür, zu der man keinen Schlüssel hat.«

»Und was macht man, wenn man ein Problem hat?«, fragte der Junge, dessen Interesse offenbar wuchs, obwohl sein Blick sich nach wie vor in der Ferne verlor.

»Erst überprüft man, ob man wirklich selbst das Problem hat und ob es einem im Weg steht. Das ist extrem wichtig«, erklärte ich. »Viele Leute stecken ihre Nase nämlich in die Angelegenheiten anderer, obwohl die sie gar nicht darum gebeten haben. Sie verschwenden ihre Zeit und ihre Energie und verhindern, dass die anderen ihre eigenen Lösungen finden.«

Der Junge nickte angesichts dieser offensichtlichen Wahrheit, die viele Erwachsene nur schwer akzeptieren können.

»Und wenn man tatsächlich selbst ein Problem hat?«, fragte er und wandte sich mir zu.

»Dann muss man den passenden Schlüssel finden und ihn richtig ins Schloss stecken.«

»Klingt einfach«, erwiderte der Junge mit vielsagendem Blick.

»Ist es aber nicht«, antwortete ich. »Manche Menschen finden den Schlüssel nicht. Dabei mangelt es ihnen nicht an Fantasie, nein, sie wollen nur die Schlüssel, die sie haben, nicht mehrmals ausprobieren. Stattdessen erwarten sie, dass jemand ihnen den passenden Schlüssel gibt oder, schlimmer noch, dass jemand kommt und ihnen die Tür öffnet.«

»Kann denn jeder selbst die Tür öffnen?«

»Wer überzeugt ist, dass er es kann, wird es sehr wahrscheinlich auch schaffen. Wer nicht daran glaubt, wird ziemlich sicher scheitern.«

»Und was passiert mit denen, die die Tür nicht öffnen können?«

»Die müssen es immer wieder versuchen, bis es ihnen irgendwann gelingt. Oder sie werden niemals alles aus sich machen, was ihnen möglich wäre.« Als dächte ich laut nach, fügte ich hinzu: »Es nützt aber auch nichts, die Beherrschung zu verlieren, sich gegen die Tür zu werfen und sich zu verletzen. Wir dürfen der Tür nicht die Schuld an allem geben, was in unserem Leben nicht stimmt. Andererseits dürfen wir uns auch nicht damit abfinden, auf dieser Seite der Tür zu verharren und von dem zu träumen, was auf der anderen Seite ist.«

»Gibt es auch Gründe, warum man die Tür nicht öffnen sollte?«

»Nein, ganz im Gegenteil!«, rief ich. »Der Mensch ist ein wahrer Meister darin, irgendwelche Ausflüchte zu finden. Seine eigene Unfähigkeit erklärt er nur allzu gern damit, dass er nicht genug geliebt oder schlecht erzogen wurde, oder mit dem vielen Leid, das ihm widerfahren ist. Manchmal redet er sich ein, dass es besser sei, die Schwelle nicht zu überschreiten, da auf der anderen Seite ja Gefahren drohen könnten. Oder er erklärt voller Zynismus, dass ihn gar nicht interessiere, was auf der anderen Seite ist. Doch das sind alles nur Tricks, um den Schmerz über das eigene Scheitern zu betäuben. Je länger man dem Hindernis aus dem Weg geht, desto größer werden die Probleme und desto kleiner wird man selbst. Oder, anders ausgedrückt: Je länger man ein Problem mit sich herumschleppt, desto schwerer lastet es auf einem.«

Ich spürte, dass der Widerstand des Jungen schmolz, aber weil er immer noch traurig aussah, fuhr ich fort: »All dies führt dazu, dass man unglücklich ist. Der Weg zu geistigem Wachstum und Glück erfordert den Mut, sich zu verändern und weiterzuentwickeln. Wir müssen bereit sein, unsere bequemliche Haltung aufzugeben und uns den Problemen wieder und wieder zu stellen, bis wir sie gelöst haben und mit einem Gefühl von Zufriedenheit die Tür durchschreiten können.«

»Und was muss man tun, um den passenden Schlüssel zu finden?«, fragte der Junge sofort, sodass mir keine Zeit blieb, mich an meinem hübschen Vergleich zu erfreuen, den er offensichtlich nicht zu schätzen wusste.

In diesem Moment musste ich meinen Fuß vom Gaspedal nehmen, weil ich zu dicht auf einen Viehtransporter aufgefahren war. Mein Blick fiel auf die Tankanzeige, und plötzlich überkam mich die Angst, ich könnte nicht mehr genügend Benzin haben, um es bis zur nächsten, viele Kilometer entfernten Tankstelle zu schaffen. Widerstrebend drosselte ich die Geschwindigkeit, um den Verbrauch zu reduzieren. Leider verfügte mein Auto nicht über eine dieser modernen Anzeigen, die einem verraten, wie viele Kilometer man mit der restlichen Tankfüllung noch fahren kann. Ich beschloss, den Lastwagen zu überholen, und der Gedanke, dass er hinter mir fahren würde und mir, falls nötig, helfen konnte, beruhigte mich. Als ich an ihm vorbeifuhr, grüßte ich den Fahrer mit einem Lächeln, auf das dieser mit einem freundlichen Hupen reagierte. Auch heute noch ist in Patagonien jede Begegnung mit einem anderen Menschen ein freudiges Ereignis, sodass diese Art von Gruß zu einer angenehmen Sitte geworden ist.

»Wie kann ich den passenden Schlüssel finden?«, fragte der Junge, der offenbar nicht lockerlassen wollte, erneut und riss mich aus meinen Gedanken.

»Na, genau so!«, erwiderte ich und versuchte, mir meinen leichten, der langen Fahrt geschuldeten Ärger nicht anmerken zu lassen. »Indem du immer wieder fragst, bis du die richtige Antwort erhalten hast. Du musst nur hartnäckig genug sein und all deine Schlüssel ausprobieren, dann wirst du die Tür irgendwann öffnen können.«

Gleichzeitig dachte ich: *Und wenn du mir in den nächsten drei Tagen weiterhin ständig Fragen stellst, werde ich am Ende noch wahnsinnig*, was eine innere Stimme in »weise« übersetzte.

## *4. Kapitel*

Da ich den Jungen nun mal dazu ermuntert hatte, mir weitere Fragen zu stellen, musste ich damit rechnen, dass er bis zum Ende der Reise damit fortfahren würde. Ich beschloss, dieses seltsame Gespräch als willkommene Ablenkung zu sehen, zumal die Fahrt lang und eintönig war. Statt die Fragen als Prüfung zu betrachten, wollte ich ein Gedankenspiel daraus machen. Wie von Zauberhand verscheuchte diese neue Haltung jegliche Müdigkeit, plötzlich war ich hellwach und bereit, meiner Fantasie freien Lauf zu lassen.

»Du hast gesagt«, fuhr der Junge fort, während er es sich auf seinem Sitz bequem machte, »dass der Schlüssel allein noch nicht genügt, sondern dass man auch herausfinden muss, wie man ihn richtig ins Schloss steckt. Wie findet man das denn heraus?«

»Ganz einfach«, erwiderte ich mit neuem Schwung und ausladenden Gesten. »Ein Problem löst man am besten dadurch, dass man es nicht als Problem betrachtet, sondern als Herausforderung. Natürlich bleibt das Hindernis bestehen, aber der positive Blick darauf schärft unsere Sinne und bereitet der Lösung den Weg. Man sollte der Vorsehung dafür danken, wenn man ab und zu vor Schwierigkeiten gestellt wird.«

»Man soll sich für Schwierigkeiten bedanken?«, fragte er ungläubig.

»Ja, weil man nur so über sich hinauswachsen kann. Wie der Wind, der die Wurzeln stärkt, damit die Bäume sich besser aufrecht halten können. Wenn man Hindernisse mit einem wohlwollenden Blick betrachtet, verliert man weniger Zeit mit Jammern und hat ein erfüllteres Leben.«

Weil der Junge mir nun seine volle Aufmerksamkeit schenkte, fuhr ich fort: »Wenn man eine Herausforderung erkannt hat, kann man noch etwas anderes tun: Man kann sie aus verschiedenen Blickwinkeln betrachten und in kleinere Herausforderungen aufteilen.«

Der Junge nickte nachdenklich und sagte: »Ich musste auch ein großes Hindernis in kleinen Schritten überwinden.«

»Welches Hindernis?«, fragte ich mit unverhohlener Neugier.

»Ich hätte es nicht direkt bis auf die Erde geschafft«, erklärte er, und ich musste mich sehr zusammenreißen, um mir meine Verblüffung nicht anmerken zu lassen. »Deshalb musste ich mir die Entfernung einteilen und auf sieben Asteroiden haltmachen.«

Mein Mitfahrer schien den Verstand verloren zu haben oder wenigstens über eine blühende Fantasie zu verfügen.

Er schwieg einen Moment, offenbar ganz in seinen Erinnerungen versunken, bevor er fortfuhr: »Auf meiner Reise habe ich jemanden kennengelernt, der ein Problem hatte, für das es keine Lösung gab.«

»Ach ja?«

»Es war ein Mann, der trank, um zu vergessen.«

»Um was zu vergessen?«

»Dass er Schuldgefühle hatte.«

»Weswegen?«

»Weil er trank«, antwortete der Junge und schloss den Kreis, der ihn so sehr verwunderte.

»Schuldgefühle«, erklärte ich, »lähmen uns und verhindern, dass wir unsere Probleme lösen. Erst wenn wir Verantwortung übernehmen, schwinden sie, und wir können Positives bewirken, zum Beispiel den Schaden wiedergutmachen, soweit es geht. Oder einfach unseren Weg fortsetzen, ohne dass Schuldgefühle uns aufhalten.«

»Wenn man etwas Schlimmes getan hat«, fragte der Junge nach, »wie kann man es dann vermeiden, sich schuldig zu fühlen?«

»Dem Mann, der dem Alkohol verfallen ist, helfen seine Schuldgefühle jedenfalls nicht weiter. Vielmehr sind sie eine unnötige Selbstbestrafung, die ihm jegliche Energie raubt. Überhaupt bestraft er sich nur deshalb selbst, weil er sich nicht liebt. Hast du ihn denn nicht gefragt, warum er angefangen hat, zu trinken?«

»Nein«, erwiderte der Junge zögernd. Ich musste grinsen,

denn es war wohl einfacher, das Grab eines unbekannten Pharaos zu entdecken, als eine Frage zu finden, die mein Begleiter noch nicht gestellt hatte.

»Einsamkeit, Mangel an Liebe, Frustration … Ich kenne den Grund nicht, aber die Trinkerei war garantiert nur die Folge von etwas anderem. Wir haben hier ein typisches Beispiel dafür, wie zerstörerisch es sein kann, wenn man seine Probleme nicht überwindet.«

»Wie dumm von mir, ihn vorschnell zu verurteilen!«, rief der Junge reumütig. »Vielleicht wäre meine Zuneigung der Schlüssel gewesen, um die Tür zu öffnen, die er nie durchschreiten konnte.«

»Wir würden ein wesentlich erfüllteres Leben führen«, ergänzte ich, »wenn wir nicht immerzu Urteile über uns selbst und andere fällen würden, wenn wir uns nicht immer über alle möglichen Widrigkeiten beklagen und uns mit der Frage quälen würden, ob wir sie verdient haben oder ob wir sie hätten vermeiden können. Stattdessen sollten wir uns auf unsere Fähigkeit besinnen, Probleme zu lösen, und das akzeptieren, was sich nicht ändern lässt. Oder, wie ein altes orientalisches Sprichwort sagt: Zünde lieber ein Streichholz an, als immer nur die Dunkelheit zu verfluchen.«

Der Junge hörte mir interessiert zu, also beschloss ich, noch ein wenig länger laut nachzudenken.

»Manchmal stellt man fest, dass man nur seine Perspektive ändern muss, und schon verschwindet das Hindernis. Oft liegt die Schwierigkeit nämlich in uns selbst, in unserer unflexiblen und verzerrten Art, die Dinge zu betrachten.«

»Die Schwierigkeit liegt in uns selbst?«, wiederholte er ungläubig und sah hinunter zu seinem Bauchnabel.

»Oft ist das so, ja«, erwiderte ich, »die Lösung aber auch. Die Welt der Vorstellungen und Gefühle hat die materielle Welt im Schlepptau. So, wie man sich die Dinge ausmalt, treten sie auch ein. Bis zu einem gewissen Punkt schafft man sich seine Realität selbst, als wäre man ein kleiner Gott seiner eigenen Welt.«

»Wie soll das gehen? Ist denn die Wirklichkeit auf diesem Planeten nicht für alle gleich?«, fragte der Junge überrascht.

»Die Realität an sich ist vermutlich für alle gleich«, setzte ich meine Überlegung fort, »aber wir nehmen nur einen Teil davon wahr, abhängig davon, was unser Bewusstsein registriert und wie gut unsere Sinne ausgebildet sind. Indem wir aus der Realität einige wenige Vorstellungen, Kenntnisse und Personen herausfiltern, mit denen wir einverstanden oder nicht einverstanden sind, spiegeln wir uns in gewisser Weise selbst.«

»Soll das heißen, dass die Menschen nie die Realität an sich wahrnehmen, sondern durch ihre eigene Realität immer nur sich selbst sehen?«

»So beschränkt, wie unsere Sinne sind, liegt das im Grunde auf der Hand. Man denke nur an die Geräte, die Frequenzen einfangen, die für unser Gehör zu hoch oder zu niedrig sind, oder an Mikroskope und Teleskope, die unser Sehvermögen um ein Vielfaches erweitern. Trotzdem sind wir oft genug blind für die Erkenntnis, dass die Beobachtung unserer Umwelt die beste Methode ist, uns selbst kennenzulernen. Wenn uns die Umwelt beeinflusst, zeigt das nur, dass wir uns nicht mit dem analogen Prinzip in unserem Inneren im Einklang befinden.«

»Warum drückst du dich so kompliziert aus?«, beschwerte sich der Junge.

»Geiz kann nur jemanden ärgern, der selber geizig ist, denn für einen großzügigen Menschen ist er schlicht eine Tatsache, die ihn nicht weiter stört«, erklärte ich und stellte zufrieden fest, dass mein Mitfahrer zu begreifen begann. »Gleiches gilt für all jene, die gegen böse Nachbarn oder Angehörige oder die Gesellschaft oder was auch immer kämpfen. Ob sie recht haben oder nicht, spielt keine Rolle, denn eigentlich kämpfen sie gegen sich selbst«, führte ich meine Argumentation zu Ende.

»Gegen wen sollten sie gewinnen können, wenn sie gegen ihr eigenes Spiegelbild fechten?«, fragte der Junge verwundert.

»Wer mit seinem Umfeld im Streit liegt, ist zum Scheitern verurteilt, aber leider begreifen das die Menschen nicht«, erklärte ich. »Das meiste Leid auf dieser Welt rührt daher, dass die Menschen gegen die Umstände aufbegehren und sich an den Gesetzen der Welt reiben. Ein weiser Mensch befindet sich im Einklang mit allem, was existiert. Er betrachtet die Realität und stellt fest, dass alles, was existiert, ob es ihm gefällt oder nicht, so ist, wie es sein muss. Außerdem weiß er, dass er erst einmal sich selbst verbessern sollte, bevor er die Welt verbessern kann.«

»Ist denn alles, was existiert, schon allein dadurch gut, dass es existiert? Warum machst du immer alles so kompliziert? Gib mir doch bitte ein Beispiel, das ich verstehen kann!«

»Wenn man kräftig gegen eine Wand drückt«, begann ich, »spürt man, dass die Wand mit der gleichen Kraft dagegenhält. Wenn man den Druck erhöht, wird auch die Wand den Druck erhöhen. Die Lösung besteht darin, die Hände von der Wand zu nehmen. Dann verschwindet der Gegendruck von ganz allein. Wer der Wand zugesteht, dass sie existieren darf, muss sich ihr nicht mehr entgegenstellen und stört sich auch nicht an ihrer Existenz.«

»Das klingt gut«, gab mein Begleiter zu, »aber wenn es stimmt, dass wir nur einen Teil der Realität kennen, dann lebt jeder in seiner eigenen Welt und es gibt so viele Welten, wie es Menschen gibt.«

»Vielleicht fällt es dir leichter, dir die Realität wie ein Puzzle vorzustellen, dessen Teile zusammen ein größeres Ganzes ergeben als jedes einzelne Teil für sich genommen. Das Wunderbare daran ist, dass jeder Mensch imstande ist, die Welt zu verändern, ohne kämpfen zu müssen, ohne Hilfe von außen zu benötigen …«

»Jetzt verstehe ich, worauf du hinauswillst«, unterbrach er mich. »Wenn ich ein mürrisches Gesicht im Spiegel sehe, sollte ich einfach lächeln.«

»Genau«, bestätigte ich, »und so ist es mit allem: Wenn du einen aggressiven Nachbarn hast, sei noch freundlicher als sonst. Wenn du ein wohlgeratenes Kind möchtest, sei ein guter Vater. Gleiches gilt für Ehemänner, Ehefrauen, Chefs, Angestellte … Im Grunde gibt es nur einen Weg, die Welt zu verändern: indem man sich selbst verändert.«

## *5. Kapitel*

Eine Weile verharrten wir schweigend und sahen hinaus in die unermesslichen Weiten Patagoniens. Unablässig nagte der Wind an den zerklüfteten Kuppen der Berge und bot der spärlichen Vegetation kaum eine Atempause. Nur an einem Hang in der Ferne wuchsen chilenische Feuerbäume und streckten ihre roten Zungen bis hinunter ins Tal.

Plötzlich hatte ich einen merkwürdigen Gedanken und sprach ihn laut aus: »Vielleicht wurde das Universum nach dem Bilde eines höheren Wesens geschaffen, das sich selbst kennenlernen und erfahren wollte.«

Dieser Gedanke schien den Jungen nicht zu überraschen, denn er fragte sofort: »Wenn dem so wäre, wie sollten sich die Bewohner dieses Planeten dann verhalten? Sind sie frei oder der tyrannischen Straße unterworfen, so wie du?«

»Meiner Ansicht nach«, erwiderte ich, »heißt Leben lernen. Alles, was geschieht, hat eine Bedeutung für den, der es erlebt. Je höher unser Bewusstsein entwickelt ist, desto leichter erkennen wir die Bedeutung dessen, was uns widerfährt. Manchmal sind es gerade Schmerz und Krankheit, die uns zu geistigem Reichtum verhelfen. Deshalb sollten wir nie unser Los beklagen, sondern dem Leben dankbar sein für die Chance, uns zu entwickeln. Das Schicksal findet immer einen Weg, uns gerade das zu lehren, wogegen wir uns am meisten sträuben.«

»Was ist das Schicksal? Offenbar ein strenger Lehrmeister«, überlegte der Junge.

»Das Schicksal ist der Weg, den jeder von uns zu gehen hat.«

»Und kann man sein Schicksal ändern?«, fragte er mit wachsender Verwirrung.

»Ja«, antwortete ich knapp, wohl wissend, dass die Bibliotheken dieser Welt mit Abertausenden Büchern gefüllt sind, die vergeblich eine kategorische Antwort auf diese Frage zu finden versuchen. Da der Junge mich weiterhin verwirrt ansah, beschloss ich, auf ein Bild zurückzugreifen.

»Stell dir vor, du bist ein Fluss, der unbeirrbar weiterfließen muss. Du schlängelst dich um die Berge herum, suchst immer den Weg des geringsten Widerstands. Die Steine, die dir im Weg liegen, sind die Schwierigkeiten. Wenn du sie mitreißt, bilden sie irgendwann einen Damm, der dein Fortkommen behindert. Wenn du hingegen über jeden einzelnen Stein hinwegfließt, unterbricht nichts dein Strömen, dann ist dein Wasser so klar, als brächte jedes Reiben an einem Stein es noch mehr zum Glänzen. Vielleicht fühlst du dich irgendwann schuldig und dieses Glanzes nicht mehr würdig. Dann suchst du nach einer Möglichkeit, dein Wasser zu trüben. Vielleicht wirst du träge und bummelst durch die Ebenen, verlierst im Flachland sogar die Orientierung. Vielleicht wirst du auch übermütig und stürzt dich als Wasserfall einen steilen Hang hinunter. Oder du gerätst in tückisches Sumpfland und kommst vom Weg ab. Vielleicht verhärtet auch deine Seele, und du gefrierst zu Eis. Oder dir kommt im heißen Flirren der Wüste dein kühlendes Streicheln abhanden.«

»Wenn ich ein Fluss wäre, würde ich nicht gern zu Eis gefrieren oder in der Wüste vor Hitze und Trockenheit sterben.«

»Wenn das so ist, bewahre dir deine Reinheit, dann wirst du immer transparent sein; handle großzügig, dann wirst du eine fruchtbare Quelle für deine Umgebung sein; erneuere dich fortwährend, dann wird dein kühlendes Nass den Durst löschen, wohin auch immer du fließt; glaub an deine Ideale, dann wirst du andere inspirieren; werde dir deines Wesens bewusst, dann wirst du diejenigen aufwecken, die das Leben verschlafen. Gib deinem Leben einen Sinn, dann erfüllst du dein Schicksal.«

Ich verstummte. Schweigend ließen wir unsere Blicke erst über die raue Landschaft und dann hinauf zu den blauen Gespenstern der Andenkette schweifen.

## 6. *Kapitel*

Der Junge schien Gefallen an dem Bild vom Fluss gefunden zu haben, denn er war ganz in seine Gedanken versunken.

Plötzlich wurde mir bewusst, dass schon seit mehreren Stunden ein Fremder neben mir saß (ein angenehmer Fremder, aber nichtsdestotrotz ein Fremder), von dem ich rein gar nichts wusste. Ich hätte gern mehr über diesen eigentümlichen Jungen erfahren, aber meine Intuition sagte mir, dass er sich von ganz allein offenbaren würde, wenn ich ihn nicht drängte. Manchmal sind Menschen wie Austern: Wir müssen nur abwarten, dann schenken sie uns irgendwann die Perle, die sie in ihrem Inneren bergen.

Kein Meister in der Kunst des Unwägbaren hätte die nächste Frage meines Begleiters voraussagen können.

»Haben Schafe auch Probleme?«

»Wie bitte?«

»Haben Schafe auch Probleme?«, wiederholte der Junge geduldig, als wäre ich jemand, dem man alles zweimal sagen muss, damit er es begreift.

Ich dankte Gott für die zur Neige gehende Tankfüllung, die mich veranlasst hatte, langsamer zu fahren, denn sonst wären wir womöglich neben der Straße gelandet. Ein Blick genügte, um mir zu bestätigen, dass er die Frage ernst meinte.

Verwirrt gab ich ihm eine aufrichtige Antwort: »Ehrlich gesagt, weiß ich das nicht. Wahrscheinlich müsste man ein Schaf sein, um es sicher wissen zu können, oder?«

Zu meiner Überraschung nickte der Junge und schien mit der Antwort zufrieden zu sein – oder vielmehr damit, dass ich, ein Erwachsener, mein Unwissen offen eingestand.

»Das heißt also, dass man eine Blume sein müsste, um zu wissen, welche Probleme eine Blume hat, richtig?«

Ich war nicht bereit, ständig in die Defensive zu gehen und auf die nächste Überraschung meines Gegenübers zu warten. Hier bot sich mir eine großartige Gelegenheit, einen geistreichen Gegenangriff zu starten.

»Da irrst du dich, mein Freund. Man muss keine Blume sein, um zu begreifen, dass auch Blumen Probleme haben, schon allein deshalb, weil sie schön und wehrlos sind. Einige Exemplare haben sogar Stacheln, um sich dagegen zu wehren, dass man sie abschneidet und in eine Vase steckt.«

Er sah mich entsetzt an. Ich dachte schon, er würde wieder ohnmächtig, aber er fing sich und stammelte: »Und die Stacheln können sie schützen?«

Sein Blick flehte geradezu nach einer Bestätigung, aber ich war so trunken von meiner despotischen Überschätzung der Wahrheit, dass ich unerbittlich fortfuhr, schließlich war es ja nur ein Spiel.

»Nein«, erwiderte ich, »die Stacheln können die Blumen nicht schützen. Genau das ist ihr Problem.«

Die Miene meines jungen Begleiters ließ keinen Zweifel zu: Für ihn war dies alles andere als ein Spiel, es war tödlicher Ernst. Später würde er mir traurig offenbaren, dass er an eine Freundin gedacht hatte, die ihm sehr nahestand.

Manchmal gehen wir Erwachsenen fahrlässig mit den Gefühlen der Kinder um und zerstören etwas, das wertvoller ist als alles, was Kinder jemals kaputt machen könnten.

Es nützte nichts, meinen jungen Begleiter darauf hinzuweisen, dass die Blumen schon Tausende von Jahren mit ihrem Problem lebten, ja dass es in ihrer Natur lag, denn das war es gar nicht, was ihm Sorgen bereitete. Er wollte vielmehr eine bestimmte Blume retten, und wenn es um eine bestimmte, einzigartige Blume geht, bieten keine Statistik und kein Gärtnerhandbuch der Welt Trost.

Als würde er einen Gedanken laut aussprechen, sagte er: »Vielleicht sollten die Blumen einfach auf ihre Schönheit verzichten und sich verstecken. Aber dann wären sie keine Blumen mehr. Sie brauchen unsere Bewunderung, um glücklich zu sein. Ihr eigentliches Problem ist ihre Eitelkeit.«

Wieder nahm sein Gesicht diesen traurigen Ausdruck an, der mir schon zuvor aufgefallen war. Seine Neugier hatte ihn nur vorübergehend verdrängt.

»Wie dem auch sei, eigentlich interessieren mich die Probleme der Schafe und der Blumen gar nicht.« Was er damit meinte, würde ich erst später begreifen.

Nach einer Pause fuhr er fort: »Ich suche jemanden, den ich vor langer Zeit getroffen habe. Er sieht so ähnlich aus wie du, aber er hat eine Maschine, die fliegen kann.«

»Ein Flugzeug?«, fragte ich verwirrt.

»Ja, genau, ein Flugzeug.«

»Wo lebt er?«, fragte ich nach, um ihm zu helfen, denn ich hatte auf meiner Karte einige Flugsportvereine gesehen.

»Keine Ahnung«, erwiderte er traurig und dachte nach. »Ich wusste nicht, dass die Menschen so weit voneinander entfernt wohnen.«

Als er die Verblüffung in meinem Gesicht sah, erklärte er schnell: »Die Erde ist sehr groß, und mein Planet sehr klein.«

»Wie gedenkst du ihn zu finden?«, fragte ich und aktivierte den Teil meines Gehirns, in dem die zahlreichen Krimis gespeichert sind, die ich in meiner Jugend gelesen habe. Seine Antwort jedoch hätte sogar Hercule Poirot verblüfft.

»Er hat mir Sterne geschenkt, die lachen können«, erklärte er wehmütig. Kurz übermannten ihn seine Gefühle, und Tränen traten ihm in die Augen.

In diesem Moment, als ich mir den Piloten vorzustellen versuchte, dem die Sterne zulächeln, begriff ich, wer mein Mitfahrer war. Natürlich! Das Schaf, die Blume, der blaue Umhang … Ich hätte von Anfang an darauf kommen müssen, aber ich war zu sehr auf meinem eigenen fernen Asteroiden gefangen gewesen.

## *7. Kapitel*

Als der Motor die letzten Kraftstoffreserven beinahe aufgebraucht hatte, tauchte wie durch ein Wunder eine Tankstelle vor uns auf. Ich seufzte erleichtert. Nachdem ich getankt und Wasser- und Ölstand überprüft hatte, musste ich den Prinzen geradezu drängen, sich auf der Toilette etwas frisch zu machen. Es war, als hätte er keinerlei Interesse an Körperpflege.

»Du suchst den, der dir das Schaf geschenkt hat, stimmt's?«, fragte ich, als wir unseren Weg fortsetzten.

Wir wussten beide, von wem ich sprach, aber ich konnte den Schmerz sehen, als er antwortete: »Das dachte ich zumindest ...«

»Wie meinst du das?«, fragte ich, damit er weitererzählte.

In seinem Gesicht spiegelten sich Traurigkeit, Ungläubigkeit, Wut, dann wieder Traurigkeit, alles in rascher Abfolge. Tief in seinen klaren Augen schien etwas zu glühen, vielleicht war es Hoffnung. Meine innere Stimme sagte mir, dass es die Hoffnung war, die ihn hierhergebracht hatte.

Als er endlich zu sprechen begann, war sein Ton matt und resigniert. »Es ist eine traurige Geschichte. Ich glaube nicht, dass sie dich interessiert«, sagte er, ohne sich im Geringsten darüber zu wundern, dass ich von dem Schaf wusste.

»Natürlich interessiert sie mich!«, erwiderte ich so bestimmt, dass ich schon fürchtete, er könnte mich fragen, warum ich mich so sehr für ein Schaf interessierte, das ich noch nie gesehen hatte.

Der Prinz begann seine Geschichte zu erzählen, und ich war so erleichtert, als hätte mein Gegner einen Zug übersehen, der mich schachmatt gesetzt hätte.

Eines Morgens, als der Prinz damit beschäftigt war, seinen Planeten in Ordnung zu bringen (»Es ist wichtig, seinen Planeten schön sauber zu halten, weißt du?«), sprach ihn ein Unkraut an, das er gerade rupfen wollte.

»Wenn du mich rupfst, begehst du schon wieder einen Fehler.«

»Was meinst du damit?«, fragte er, weil er den Verdacht hatte, es könnte sich um eine Falle handeln.

»Ich meine damit, dass du dich um ein intelligentes Unkraut bringen würdest, das dir einmal sehr nützlich sein könnte. Welchen Schaden sollte ich dir zufügen? Ich bin ganz in deiner Hand. Du kannst mich rupfen, wann immer du willst, aber ich glaube, dass du mich noch gebrauchen kannst. Du wirst mein Herr sein, und ich dein Diener.«

Bevor er eine Entscheidung traf, stellte der Prinz eine weitere Frage: »Was meintest du mit ›schon wieder‹? Welchen Fehler soll ich sonst noch begangen haben?«

»Einen ganz einfachen, Herr. Du glaubst, dass in dieser Kiste ein Schaf ist, stimmt's?«

»Natürlich ist in dieser Kiste ein Schaf!«, rief der Prinz empört. »Ein wunderschönes weißes Schaf, das mir mein Freund auf der Erde geschenkt hat. Leider hat er durch den Schmerz über meine Abreise vergessen, mir Maulkorb und Leine mitzugeben. Deshalb kann ich das Schaf nicht spazieren führen: Es könnte nämlich abhauen und die Blume fressen.«

Als er innehielt, um Luft zu holen, und das Unkraut schon rupfen wollte, sprach dieses ihn erneut an: »Herr, wenn du mir zuhören würdest, statt dich von deinen Gefühlen leiten zu lassen, könnte ich alles erklären.«

Kaum hatte das Unkraut dies gesagt, entfaltete es eines seiner Blütenblätter, auf dem, sehr zur Überraschung des Prinzen, ein Schaf und ein Junge zu sehen waren. Nach kurzer Betrachtung musste der Prinz zugeben, dass er noch nie eine so exakte Zeichnung gesehen hatte.

»Das ist keine Zeichnung, das ist eine Fotografie«, erläuterte das Unkraut und deutete ein triumphierendes Lächeln an, weil es ihm gelungen war, am Leben zu bleiben. Dann fuhr es fort: »Eine Fotografie fängt die Wirklichkeit exakt so ein, wie sie ist. Wie du sehen kannst, reicht das Schaf dem Kind bis knapp über die Hüfte. Hättest du mich gefragt, hätte ich dir schon früher erklärt, dass Schafe, sogar neugeborene Schafe, größer sind als die zwanzig Zentimeter, die deine Kiste misst.«

Und dann, in mitfühlendem Tonfall, setzte das Unkraut einen Stich mitten ins Herz des Prinzen. »Herr, es tut mir leid, aber als dein Diener muss ich dich vor diesem üblen Menschen warnen, der sich dein Freund nennt: Er hat dein Vertrauen missbraucht, denn die Kiste ist in Wahrheit leer.«

Für den Prinzen brach eine Welt zusammen. Es war der traurigste Tag seines Lebens. Seither war er sich bei nichts und niemandem mehr sicher. Und kein Sonnenuntergang konnte ihn trösten.

## 8. Kapitel

Tränen liefen dem Prinzen über die Wangen. Ich musste mich zusammenreißen, um meinen Blick weiterhin auf den Asphaltstreifen vor uns zu richten, der sich immer dunkler gen Horizont erstreckte.

Resigniert erzählte der Prinz weiter: »Das Unkraut erklärte mir viele Dinge, die ich bis dahin nicht verstanden hatte. Es warnte mich vor der Hinterlist der Blumen und dem treulosen Verhalten der Menschen. Es führte mich in Chemie und Physik ein, erläuterte mir moderne Statistik und ökonomische Prinzipien. Dutzende von Spielen habe ich gelernt mithilfe seiner Blätter, die leuchten wie ein bunter Bildschirm. Aber ohne mein Schaf wurden meine Tage immer länger und meine Abende immer trauriger.«

Eines Nachts hatte der Prinz einen Traum, der ihn tief bewegte. Er saß neben seinem Freund, dem Piloten, der sein Flugzeug über wunderschöne Landschaften steuerte: majestätische Berge, durchbrochen von verwunschenen Tälern, in deren kristallklaren Flüssen sich der Schatten des Flugzeugs spiegelte, und Blumenwiesen, die dalagen wie gestickte Teppiche, durch dichte Wälder vor dem Wind geschützt. Da sie sehr tief flogen, konnten sie Hirsche, Pferde, Ziegen, Hasen und Füchse sehen, die über die Felder liefen, ja sogar Forellen, die fröhlich in den Bächen hüpften. Der Prinz hatte keine Fragen, und sein Freund musste ihm nichts erklären.

Sie bestaunten einfach nur die Wunder, die sich unter ihnen ausbreiteten, und zeigten sich lächelnd gegenseitig Dinge, die ihr Aufmerksamkeit würdig waren. Noch nie war der Prinz so glücklich gewesen. Plötzlich drehte sein Freund ab und signalisierte ihm, dass er auf einem grasbewachsenen

Hügel landen würde. Die Landung gelang perfekt, als hätte die Erde sanft nachgegeben, um sie willkommen zu heißen. Kaum waren sie ausgestiegen, führte der Pilot ihn auf die andere Seite des Hügels, wo eine große Herde weißer Schafe und kleiner Lämmchen graste. »Die sind alle für dich«, sagte er. »Ich weiß nicht, wie viele es sind, denn ich fand es nicht so wichtig, sie zu zählen. Jedenfalls habe ich noch an dem Tag, an dem du weggegangen bist, damit angefangen, Schafe zu züchten, und nun ist die Herde so groß geworden wie die Gefühle, die ich in meinem Herzen für dich hege.«

Gerührt ging der Prinz auf seinen Freund zu, um ihn zu umarmen, aber in diesem Moment wachte er auf und bemerkte, dass er auf seinem dunklen, stillen Planeten ganz allein war. Seine süßen Tränen waren auf einmal bitter, und er glaubte, eine innere Stimme zu hören, die sagte: »Suche deinen Freund, damit er dir alles erklären kann, nur so wirst du die Sterne wiedersehen.«

Am nächsten Morgen verabschiedete sich der Prinz in aller Frühe von seiner Blume, die er in letzter Zeit etwas vernachlässigt hatte. Sie war blass und welk, als hätte der Mangel an Aufmerksamkeit sie verzehrt.

»Auf Wiedersehen, ich gehe fort«, verkündete der Prinz, doch die Blume antwortete nicht. Sanft strich er über ihren Stiel und ihre Blätter, aber sie rührte sich trotzdem nicht. Jetzt hielt ihn nichts mehr auf seinem Asteroiden zurück.

Am Wegesrand entdeckte er einige gefährliche Triebe des Affenbrotbaums, und außerdem hatte der Boden zu beben begonnen, weil er die Vulkane nicht sorgfältig genug gekehrt hatte. Doch all dies besaß keine Bedeutung mehr, sein Entschluss stand fest. Er wollte gerade aufbrechen, als er auf das Unkraut stieß.

»Wo willst du so früh am Morgen hin?«, fragte es.

Der Prinz antwortete nicht, um das Unkraut nicht zu beunruhigen, aber seine Augen verrieten ihn.

»Du kannst nicht fortgehen! Du bist mein Herr!«, rief das Unkraut.

»Dann bist du ab jetzt eben frei.«

»Das kannst du mir nicht antun. Du weißt doch, dass ich in Freiheit nicht leben kann. Ich brauche jemanden, dem ich dienen kann, und du brauchst jemanden, der dir dient.«

»Wenn ich ohne dich nicht leben könnte, wäre ich dein Sklave und du mein Herr.«

»Ich werde sterben, wenn du mich hier zurücklässt. Es gibt keinen anderen Herrn, der das Unkraut rupfen kann, also wird bald der ganze Planet damit überwuchert sein.«

Der Prinz überlegte kurz, doch seine Entscheidung war gefallen. Er würde der Stimme aus seinem Traum folgen.

»Wenn du mit mir kommen willst, muss ich dich aus dem Boden reißen«, sagte er und packte das Unkraut fest am Stiel.

»Nein! Nein!«, schrie das Unkraut.

»Na dann, auf Wiedersehen«, sagte der Prinz zum Abschied und brach auf.

»So hat meine Reise begonnen«, beendete der Prinz seine Erzählung, und ich begriff, dass es eine sehr lange Reise gewesen war. »Irgendwann bin ich auf der Erde gelandet, an diesem einsamen Ort. Die Tiere und Blumen reden nicht mehr mit mir wie damals, als ich noch klein war. Und ich habe keinen Menschen getroffen, der mir mit Rat und Tat zur Seite hätte stehen können. Weil ich nicht wusste, wohin, habe ich mich erschöpft auf den Boden gelegt, wo du mich gefunden hast.«

Ich schwieg und begriff, dass wir alle früher oder später eine anstrengende Reise zu den Tiefen unseres Seins unternehmen müssen. Und dass keine andere Entdeckungsfahrt eine solch große Belohnung bereithält.

## 9. *Kapitel*

»Wie du siehst, ist es eine sehr traurige Geschichte, und ich glaube nicht, dass du mir weiterhelfen kannst«, schloss der Prinz. Mir kam es so vor, als hätte ein Autopilot das Fahren übernommen, so sehr war ich in die Geschichte des Prinzen versunken gewesen.

»Was du erzählt hast, ist wirklich sehr traurig«, pflichtete ich ihm bei. »Aber dass ich dir nicht helfen kann, stimmt nicht. Es gibt da so einiges, was ich tun könnte!«

Als der Prinz das hörte, brach es regelrecht aus ihm heraus. »Verstehst du denn nicht? Ich habe alles verloren: meinen Freund, der die Sterne zum Lächeln brachte, das Schaf, das mir abends Gesellschaft leistete, und die Blume, die mich mit ihren Spielen und ihrer Schönheit erfreute. Begreifst du nicht, dass ich das Unkraut, das mein Beschützer und Ratgeber war, nie mehr wiedersehen werde? Und auch meinen kleinen Planeten nicht, der wahrscheinlich explodieren wird, weil die Vulkane ausbrechen? Und du meinst, dass du mir helfen kannst!« Sein plötzlicher Gefühlsausbruch hatte Farbe in seine Wangen gebracht.

»Ja, das glaube ich«, antwortete ich bestimmt. »Ich kann

dir helfen, all dies und noch viel mehr wiederzuerlangen. Was du verloren hast, ist nämlich vor allem deine Lebensfreude. Doch ich kann dir nur helfen, wenn du es mir gestattest und wenn du bereit bist, dir selbst zu helfen.«

Er sah mich misstrauisch an, sagte aber nichts.

»Du stehst vor dem ersten großen Problem deines Lebens«, fuhr ich fort, »und dieses Problem musst du lösen. Es scheint dich gerade zu überwältigen, aber letztlich ist es nicht das Ende der Welt. Dein Wunsch, diese schwierige Situation zu überwinden, wird dir helfen, denn sowohl dein Geist als auch dein Instinkt verlangen nach einer Lösung.«

»Wie kannst du dir so sicher sein, dass ich die nötige Kraft habe, um das Problem zu lösen, wo ich diese Kraft doch selber gar nicht spüre?«

»Gute Frage«, gab ich zu und beglückwünschte mich innerlich dafür, dass es mir gelungen war, seine Aufmerksamkeit zu erlangen. »Ich will dir verraten, warum ich mir so sicher bin. Erstens hattest du den Mut, auf der Suche nach einer Lösung deinen sicheren Planeten zu verlassen und durch das Universum zu reisen. Zweitens hast du es trotz deiner Entkräftung geschafft, dich so hinzulegen, dass jemand dir helfen konnte. Hättest du dich einfach mitten auf der Straße oder irgendwo auf dem offenen Feld fallen lassen, wärst du jetzt wahrscheinlich tot. Drittens haben wir uns gleich am Anfang über Probleme und Schwierigkeiten unterhalten, was bedeutet, dass du nach nützlichen Informationen suchst, um aus deiner Sackgasse herauszukommen.«

Ich sah, dass ich sein Vertrauen wiedergewonnen hatte, also fuhr ich fort: »Wir haben vorhin darüber gesprochen, wie man Probleme löst. Wenn du willst, können wir uns deine Schwierigkeit näher ansehen. Ich sage bewusst Schwierigkeit, denn ich weiß, dass du sie überwinden kannst. Du magst es vielleicht nicht glauben, aber der Schlüssel dafür liegt allein in dir.«

Seine Reaktion kam prompt. »Wie kannst du das behaupten? Mein Leben war friedlich und glücklich, bis ich entdeckt habe, dass mein Freund mich getäuscht hat. Das ist der Grund für mein Unglück, und nichts anderes.«

»Du verlegst das Problem nach außen und schiebst jemand anderem die Schuld zu. Das ist das perfekte Rezept, um ein Problem nicht zu lösen«, sagte ich gelassen, während sein Blick mich schier zu versengen schien.

Bevor er etwas erwidern konnte, führte ich meinen Gedanken weiter aus: »Dass die Täuschung gar keine Täuschung war oder zumindest nicht in der negativen Absicht begangen wurde, die du unterstellst, werde ich dir später zeigen. Aber nehmen wir einmal an, dass dein Freund dich tatsächlich getäuscht hat. Dann hättest du Grund, böse zu sein, enttäuscht, sogar traurig, aber das heißt noch lange nicht, dass du die Schönheit deiner Blume nicht mehr genießen kannst, die Poesie der Sonnenuntergänge oder die Musik der Sterne.«

Ich hatte nun seine volle Aufmerksamkeit wieder, also konnte ich gelassener fortfahren: »Die vermeintliche Täuschung deines Freundes hatte nur deswegen eine solch verheerende Wirkung auf dein Leben, weil dessen Grundlage bereits brüchig war. Wahrscheinlich konnte das Schaf dir längst keine Freude mehr bereiten und die selbstbezogene Blume dir keinen Trost mehr bieten. Offensichtlich hat das, was du jeden Tag getan hast, dich nicht mehr zufriedengestellt, und du hattest kein Hobby, bei dem du vorübergehend Zuflucht suchen konntest. Wahrscheinlich war dein ganzes Leben schal geworden, und das Einzige, was dich noch aufrechterhalten hat, war die Sehnsucht nach deinem verlorenen Freund. Als dieser Pfeiler dann auch noch zusammenbrach, fiel deine ganze Welt in sich zusammen. Tatsächlich aber war deine Welt schon vorher leer, so wie die Blume welk geworden war. Die vermeintliche Täuschung deines Freundes war nur der Auslöser, aber nicht der Grund für deine derzeitige Situation. Je eher du das einsiehst, desto schneller wirst du eine Lösung finden.«

In seinem Inneren schien eine Schlacht zwischen Widerspruch und Einsicht zu toben, also fügte ich schnell noch eine Beobachtung hinzu, die auf der Hand lag: »Wärst du selbstsicherer gewesen und hättest du deinen Gefühlen mehr vertraut, hätte sich das Unkraut nicht so leicht in den Rissen deines Herzens festsetzen können, und dann hätte es auch nicht einen solch schädlichen Einfluss auf dein Leben gehabt.«

Der Prinz wollte protestieren, wahrscheinlich um das Unkraut zu verteidigen, aber ich nutzte die Luft, die noch in meiner Lunge verblieben war, um fortzufahren: »Warum schätzen wir den, der uns auf eine Täuschung hinweist, mehr als den, der uns Freude schenkt?«

Die kurzzeitige Verblüffung, die meine Frage auslöste, verschaffte mir die nötige Atempause, um meine Gedanken weiter ausführen zu können: »Hüte dich vor denjenigen, die deine Träume zerstören, angeblich, um dir einen Gefallen zu tun, denn normalerweise haben sie nichts anzubieten, was diese Träume ersetzen könnte!«

An dieser Stelle fragte ich mich, ob nicht ein Funken Weisheit in der althergebrachten Sitte steckte, den Überbringer schlechter Nachrichten zu köpfen. Mit den Jahren habe ich nämlich entdeckt, dass schlechte Nachrichten meistens entweder nicht stimmten oder der Überbringer etwas anderes im Schilde führte, als er vorgab. Und wenn ich sowieso nichts tun konnte, wäre es mir lieber gewesen, ich hätte die Nachricht so spät wie möglich erfahren.

Also setzte ich meine Ausführungen fort: »Früher oder später hört jeder Traum auf, ein Traum zu sein. Sogar der Traum des Lebens, aus dem wir mit dem Tod erwachen, oder vielleicht auch umgekehrt. Eines kann ich dir jedenfalls versichern: Dein Freund hat dir das schönste Schaf der Welt geschenkt, ein Schaf, das du dir in deiner Fantasie ausgemalt hast; das einzige Schaf, das du hegen und pflegen konntest, und das einzige, das du mit auf deinen kleinen Planeten nehmen konntest. Oder hast du es etwa nicht genossen, die Sonnenuntergänge mit ihm zu betrachten? Hast du dich nachts etwa nicht neben dein Schaf gelegt, damit es sich nicht so einsam fühlte, und vielleicht auch, damit du dich nicht so einsam fühltest? Hast du nie darüber nachgedacht, dass es dir gehörte, weil du es gezähmt hattest, und dass du auch ihm gehörtest? Fest steht jedenfalls, dass dein Schaf realer und lebendiger war als jenes, das du auf dem Foto gesehen hast, denn das auf dem Foto war nur irgendein Schaf, wohingegen das Schaf in der Kiste *dein* Schaf war.«

In diesem Augenblick begriff ich, warum ich auf Reisen nie ein Foto meiner Lieben bei mir habe: weil das Bild, das ich von ihnen im Herzen trage, viel lebendiger ist.

Ich hielt inne, denn als ich kurz zu meinem Beifahrer hinübersah, bemerkte ich, dass ihm Tränen in die Augen getreten waren, als wäre ihm schon die ganze Zeit zum Weinen zumute gewesen.

»Danke«, sagte der Prinz, deutete eine Umarmung an und legte seinen Kopf auf meine Schulter. Dann sank er langsam in den Schlaf.

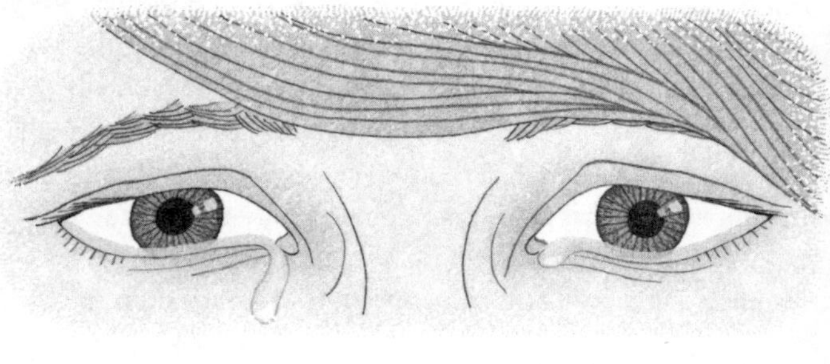

## *10. Kapitel*

Einige Stunden später näherten wir uns dem Ort, an dem ich übernachten wollte. Es dämmerte bereits, und die Landstraße lag genauso verlassen da wie tagsüber, doch zeigten sich erste Hinweise darauf, dass hier Menschen lebten: weiße Pappeln links und rechts der Straße, die Gemüsegärten gegen den Wind abschirmten, dann und wann eine Hütte oder ein Schafsgehege.

Anders als auf dem Asteroiden des Prinzen ist die Dämmerung in Patagonien lang und still. Der halbe Himmel nimmt die verschiedenartigsten Farbtöne an: von Rosa über Lila bis Dunkelviolett. An jenem Abend war der Sonnenuntergang so prächtig, dass ich das Bedürfnis verspürte, den Prinzen zu wecken, damit er ihn sah.

»Ist das nicht wunderschön!«, rief ich, zeigte zum Horizont und hob dabei kurz den Blick von der Fahrbahn.

»Achtung!«, warnte der Junge, aber es war zu spät. Es gab einen starken Aufprall, der den ganzen Wagen durchrüttelte, und als ich auf die Bremse trat, sah ich im Rückspiegel ein weißes Tier auf dem Asphalt liegen, vermutlich ein Schaf. Ich hielt an, stieg aus und ging nach vorne, um den Frontspoiler meines Autos auf mögliche Schäden zu untersuchen. Der Prinz sah mich entgeistert an und ging in die entgegengesetzte Richtung.

Als mir klar wurde, dass er dem überfahrenen Tier helfen wollte, sagte ich: »Das ist vergebliche Liebesmüh. Nach so einem Aufprall ist das Schaf garantiert tot. Da können wir nichts mehr tun.«

Aber der Junge, der inzwischen rannte, schrie mich an: »Du hast mir heute beigebracht, dass wir immer etwas tun können, sogar dann, wenn wir selbst nicht daran glauben!«

Seine Worte hallten mir in den Ohren, als ich mich zum Frontspoiler hinunterbeugte und feststellte, dass der einzige sichtbare Schaden eine kleine Beule in der Stoßstange war. Kurz hatte mir der Prinz das Gefühl gegeben, dass mein Herz härter war als dieses kalte Stück Metall, das immerhin die Güte besessen hatte, ein wenig nachzugegeben.

Von leichten Schuldgefühlen geplagt, ging ich zu ihm. Auf seinen Schoß gebettet lag der Kopf eines riesigen weißen Hundes, den er streichelte. Trotz des im Todeskampf winselnden Tieres war es eine Szene von großer Innigkeit.

Als ich den Blick hob, sah ich einen beleibten Mann aus einer Hütte treten, der nun mit düsterem Gesicht und drohendem Blick auf uns zukam. Offenbar handelte es sich um den Besitzer des Hundes. Ich hielt es für klug, schnell das Weite zu suchen, um einen unnötigen Streit zu vermeiden, und sagte zu meinem jungen Freund, dass wir lieber gehen sollten. Aber er rührte sich nicht vom Fleck, sondern streichelte weiterhin das mit dem Tode ringende Tier. Der Mann kam immer näher, und ich überlegte, ihm eine Entschädigung anzubieten. Als er bei uns war, holte ich mein Portemonnaie hervor und murmelte eine Entschuldigung, aber der Mann sah mich nur angewidert an und gab mir zu verstehen, dass ich mich ja nicht bewegen sollte. So verharrten wir einige schmerzliche Minuten lang reglos.

Noch heute habe ich das Bild des Hundes vor Augen. Natürlich hatte mein neuer Freund recht, und natürlich konnten wir etwas tun. Als der Prinz ihm liebevoll in die Augen sah, verlor der riesige weiße Hund seine Angst, denn er fühlte sich nicht mehr allein. Sein Blick wirkte fast menschlich, und er schien uns danken zu wollen. Schließlich schloss er erst das linke Auge, dann das rechte, sein Körper zuckte noch einmal und blieb dann reglos liegen.

Der Prinz streichelte den Hund noch einige Minuten lang. Erst als er bemerkte, dass kein Leben mehr in ihm war, hob er seinen Blick und sah den Mann mit tränenerfüllten

Augen an. Der fuhr ihm mit seiner wettergegerbten Hand unerwartet zärtlich über das goldene Haar, schob ihn sanft beiseite und nahm den Hund in die Arme.

»Komm mit«, sagte er zu dem Prinzen.

Ich machte Anstalten, ihnen zu folgen, aber er gebot mir Einhalt.

»Nein, Sie nicht. Nur er«, sagte er barsch und fügte, um mich zu beruhigen, hinzu: »Nichts für ungut, aber manche Dinge sind mit Geld nicht wiedergutzumachen.«

# *11. Kapitel*

Ich kann kaum beschreiben, wie es in mir rumorte. Ich fühlte mich verletzt und unverstanden, schließlich war meine Reaktion vollkommen normal gewesen. In unserer unsensiblen Gesellschaft hätten die meisten Menschen wohl nicht einmal angehalten, und wenn, dann hätten sie sich nicht entschuldigt und eine finanzielle Entschädigung angeboten, sondern dem Mann vorgeworfen, dass er seinen Hund frei herumlaufen ließ und damit Autofahrer in Gefahr brachte. Außerdem machte ich mir Sorgen um den Jungen, als wäre er bei einem anderen menschlichen Wesen schlechter aufgehoben als am Straßenrand, wo ich ihn am Morgen aufgelesen hatte. Wie sehr wir uns doch von Angst und Misstrauen leiten lassen, statt von der Liebe, die wir allzu oft unterdrücken. Es ist der Fluch (oder Segen) der Menschheit, dass alle Menschen miteinander verbunden sind. Solange auch nur ein Mensch leidet, kann niemand ganz und gar glücklich sein. Nichts auf dieser Welt ist uns fremd, weder Freud noch Leid, denn die Welt bleibt ein Ort des Leides, auch wenn es Freude gibt, und sie bleibt ein Ort der Freude, auch wenn es Leid gibt. Je mehr Leid einem widerfährt, desto mehr weiß man sein Glück zu schätzen. Scheu dich daher nicht zu zeigen, was du fühlst, ob durch Gesang oder Wehklagen: Versteck dich nicht!

Während die Sonne majestätisch im Dunkeln versank, brach in meinem Herzen ein neuer Tag an. Plötzlich kam der Prinz zurück, allein. Seinem Gang nach zu urteilen, hielt er etwas in den Armen. Als er näher kam, erkannte ich, dass es ein wunderschöner Welpe mit weißem Fell war. Ich konnte es nicht glauben: Der Mann, dem wir gerade einen geliebten Begleiter entrissen hatten, machte uns ein neues Leben zum Geschenk.

Es war ein Wunder der Liebe und die erste Lektion, die ich von dem Prinzen erhielt. Ich hatte meine Erfahrung durch Worte mit ihm geteilt, und er hatte mir seine Weisheit ohne Wort mitgeteilt wie ein wahrer Meister. Noch nie war mir so klar gewesen, dass auch hundert Bücher über die Kunst der Liebe einem schlichten Kuss nichts hinzuzufügen haben, und hundert Reden über die Liebe nicht an eine liebevolle Geste heranreichen.

»Das ist ein Kuvasz«, sagte er. »Kennst du die Rasse?«

»Ja«, erwiderte ich. »Sie stammt ursprünglich aus Tibet, aber heutzutage findet man sie auch in einigen Gegenden Osteuropas.«

»Der Mann dachte, ich würde mich bestimmt gut um ihn kümmern«, erklärte der Prinz, ohne seinen neuen Freund, den er die ganze Zeit über streichelte, aus den Augen zu lassen. »Ich werde ihn *Alas* nennen, Flügel, zum Andenken an meinen Freund, den Piloten, weil er so weiß und so weich ist wie die Wolken.«

Seine Stimme hatte einen sanften Ton angenommen, den ich bislang noch nie bei ihm gehört hatte. Wir stiegen zu dritt ins Auto und fuhren frohgemut zu dem kleinen Hotel, in dem wir übernachten wollten. Erstaunlich schnell hatte der Prinz seine natürliche Freude wiedergefunden.

Nach dem Abendessen baten wir um Erlaubnis, Alas mit aufs Zimmer nehmen zu dürfen. Der Welpe fand erst Ruhe, als mein junger Begleiter ihn zu sich ins Bett holte und ihn in die Arme nahm. Kurz darauf waren beide eingeschlafen. Auf dem Gesicht des Prinzen lag ein leises Lächeln, und ich wusste: Wenn er sich in seinem Traum in die Lüfte aufschwang, dann würde Alas bei ihm sein.

# *12. Kapitel*

Am nächsten Morgen machten wir uns früh auf den Weg. Staunend betrachteten wir die endlose Weite, die sich vor uns auftat. Obwohl die Landschaft karg war, entbehrte sie doch nicht eines gewissen Reizes. Vielleicht verspürten wir auch nur den Wunsch, sie zu bewundern. Der Prinz streichelte zerstreut Alas, der auf seinem Schoß Zuflucht gesucht hatte. Ich spürte, dass etwas den Jungen beschäftigte, aber ich respektierte sein Schweigen.

Nach einer Weile sagte er: »Ich will kein seriöser Mensch werden.«

»Das ist auch gut so«, erwiderte ich.

»Andererseits muss ich erwachsen werden.«

»Stimmt.«

»Wie wird man erwachsen, ohne ein seriöser Mensch zu werden?«, fragte der Prinz. Das war es also, was ihn so sehr beschäftigt hatte.

»Das ist schon wieder eine gute Frage«, antwortete ich. »So gut, dass ich nie eine befriedigende Antwort darauf gefunden habe. Wenn wir jung sind, begeben wir uns hinaus in die Welt und stellen fest, dass sie so ganz anders ist als die Welt, die wir zu Hause erlebt haben, zumindest diejenigen unter uns, die das Glück hatten, Märchen über Feen mit magischen Kräften erzählt zu bekommen und über Prinzen und Prinzessinnen, die in verwunschenen Schlössern wohnen. Doch die Welt, die wir dann vorfinden, ist geprägt von Egoismus, Unverständnis, Aggressivität und Betrug. Wir versuchen, uns dagegen zu wehren und unsere Unschuld zu bewahren, aber die Ungerechtigkeit, die Gewalt, die Oberflächlichkeit und der Mangel an Liebe quälen uns. Irgendwann verbreiten wir nicht mehr Licht und Zufriedenheit, sondern zittern vor dem unerbittlichen Ansturm der schmerzlichen Realität. Einige geben ihre Träume auf und richten sich in der illusorischen Sicherheit des rationalen Denkens ein. Sie werden seriöse Menschen, die Zahlen und Gewohnheiten vergöttern, weil sie ihnen Halt geben. Da es absolute Sicherheit jedoch nicht gibt, werden sie nicht glücklich. Sie häufen Dinge an, aber immerzu fehlt etwas. Das *Haben* macht sie nicht glücklich, weil es sie vom *Sein* entfernt. Sie konzentrieren sich so sehr auf die Mittel, dass sie den Zweck aus den Augen verlieren.«

»Wenn es die Erwachsenen nicht glücklich macht, immer mehr Dinge anzuhäufen, warum verwenden sie dann so viel Zeit darauf?«, fragte der Prinz völlig zu Recht.

»Weil es ein beruhigender Selbstbetrug ist. Indem man Haben oder Nichthaben zum Wichtigsten überhaupt erklärt, verlegt man die Suche nach einem erfüllten Leben nach außen. Folgt man dieser Logik, dann können wir glücklich sein, ohne uns verändern zu müssen, einfach nur, indem wir dieses oder jenes kaufen.«

»Merken das die Leute denn nicht?«, fragte der Prinz, der nicht glauben wollte, dass die Menschheit in dieser Hinsicht so blind sein konnte.

»Es ist so, mein junger Freund: Wir leben in einer Gesellschaft, in der man so unfassbar viele Dinge kaufen kann, dass die Leute erst dann, wenn sie auch noch das letzte Ding erworben haben, bemerken, dass sie den falschen Weg eingeschlagen haben. Und selbst dann klammern sie sich noch an die Hoffnung, es wäre doch der richtige Weg gewesen, nur um sich nicht einzugestehen, dass sie sich geirrt haben und umkehren müssen. Das Problem ist nur, dass den Menschen in dem Augenblick, in dem sie dieses letzte Ding erworben haben, einige andere Dinge schon wieder abhandengekommen sind. Sie sind wie Artisten, die mit sieben Hüten gleichzeitig jonglieren wollen. Außerdem wissen die Leute erst dann, was sie wollen, wenn sie kurz davorstehen, es zu bekommen. Auf jedes Ziel folgt ein neues Ziel, und so vergeuden sie ihr Leben mit einer nutzlosen Suche, springen von einem zum anderen, als wären es Steine in einem Fluss, an dessen anderes Ufer sie nie gelangen. Im Allgemeinen sind diejenigen, die immer mehr wollen, in der Zukunft gefangen. Die Gegenwart spüren sie überhaupt nicht und genießen sie folglich auch nicht. Ihre Aufmerksamkeit ist voll und ganz auf etwas gerichtet, das irgendwann einmal passieren soll.«

»Was könnten sie stattdessen tun?«, fragte mein junger Freund, während er Alas streichelte, der nach wie vor auf seinem Schoß schlief.

»Sie sollten sich einfach in die Wirklichkeit des Seins stürzen und sich treiben lassen. Sich darauf konzentrieren, im Moment zu leben, zu fühlen und zu lieben, anstatt sich zwanghaft mit dem Ziel der Reise zu beschäftigen. Schließlich besteht der Sinn des Lebens genau darin: Erfahrungen zu sammeln und das Leben zu spüren. Wenn sich Hindernisse auftun, könnten die Menschen dies zum Anlass nehmen, sich zu wandeln und neue Formen anzunehmen, ohne dabei ihr Wesen aufzugeben, wie ein Fluss, der unermüdlich seinen Verlauf und die Breite seines Bettes ändert. Wir müssen achtsam und bewusst handeln, wir müssen unsere Sinne wachhalten und unsere Fähigkeit zu lieben pflegen, damit wir im Hier und Jetzt leben. Wir sollten das Leben genießen und Neues schaffen und uns nicht von der Vergangenheit oder der Zukunft gefangen nehmen lassen.«

»Dann müssen wir also auf unsere Erinnerungen verzichten?«, fragte der Prinz plötzlich dazwischen, wahrscheinlich weil ihm die Erinnerung an die Blume und an seinen Freund so wichtig war.

»Nein, positive Erinnerungen und Erfahrungen können dir in schwierigen Momenten ein Trost sein. Oder wenn du dich einsam fühlst. Du darfst dich nur nicht an die Vergangenheit klammern, denn du könntest darin gefangen bleiben, und dann würdest du dir selbst verwehren, in der Gegenwart neue Erfahrungen zu machen. Die Vergangenheit ist sicher, weil sie abgeschlossen ist, sie lebt nicht mehr. Trotzdem ziehen manche Menschen die Ruhe und Sicherheit des Todes der Ungewissheit des Lebens vor, in dem Leid und Freude gleichermaßen möglich sind.«

Nach einem kurzen Moment fügte ich hinzu: »Die Erinnerungen können sich noch auf eine andere Art und Weise gegen dein Glück in der Gegenwart verschwören, indem du nämlich die gleichen Dinge zu fühlen versuchst, die du früher einmal gefühlt hast. Aber das geht nicht. Wie das Wasser des Flusses, in den man steigt, nie dasselbe ist, so wiederholen sich auch Situationen im Leben nicht. Trotzdem versuchen erstaunlich viele Menschen, dieselben Erfahrungen mehrmals zu machen, und verbauen sich damit jede Chance auf neue Erfahrungen, die mindestens genauso schön, wenn nicht schöner sind. Darin gleicht der Mensch einem Tier, das wieder und wieder an den Ort zurückkehrt, an dem es einmal Nahrung gefunden hat, bis es irgendwann verhungert, nur weil es nicht ein bisschen abseits gesucht hat.«

Eine Weile waren wir beide in Gedanken versunken, ohne dass uns etwas abgelenkt hätte. Die Landschaft Patagoniens besitzt die Tugend, respektvoll in der zweiten Reihe zu bleiben.

Als der Prinz endlich das Wort ergriff, überraschte er mich.

»Danke«, sagte er.

»Wofür?«, fragte ich.

»Dafür, dass du mich vor dem Unglücklichsein bewahrt hast.«

»Wie meinst du das?«

»Ich habe über deine Worte nachgedacht und dabei einen Gedanken entdeckt, der tief in mir verwurzelt ist: dass ich nie mehr wirklich glücklich sein werde, bevor ich nicht wieder einen Freund wie den Piloten finde. Dieser Gedanke enthält genau die drei Hindernisse auf dem Weg zum Glück, die du erwähnt hast. Erstens bin ich darauf fixiert, dass es ›jemand wie er‹ sein muss, was dazu führt, dass ich andere Menschen nicht beachte, die vielleicht genauso nobel und interessant sind. Zweitens, die Frage der ›Sicherheit‹: Ich könnte nie ganz sicher sein, ob derjenige, den ich gefunden habe, wirklich so ist wie er. Und drittens, die ›Suche‹: Wer sucht, konzentriert sich auf die Zukunft, auf jemanden, den er vielleicht einmal kennenlernen wird; dadurch würde ich es versäumen, denjenigen zu schätzen, der gerade bei mir ist.«

»Wie ich sehe, hast du mich genau verstanden«, sagte ich wie ein Lehrer, der stolz auf seinen besten Schüler ist.

»Man kann nie aufmerksam genug sein«, sagte der Prinz.

»Da hast du recht«, bestätigte ich, und wir lächelten. Insgeheim aber bemerkte ich an ihm einen Rest von Traurigkeit. Offenbar hielt er doch noch an etwas aus der Vergangenheit fest. Trotzdem beschloss ich, ihn nicht sofort danach zu fragen.

Während wir in aller Ruhe Kilometer um Kilometer zurücklegten, auf dieser Straße, die aussah wie eine endlos lange graue Nudel, spürte ich, wie mein Drang, möglichst bald anzukommen, immer mehr schwand. Ich hatte begonnen, jeden Moment dieser Reise zu genießen.

## *13. Kapitel*

Weil es fast Essenszeit war und ich Angst hatte, Alas könnte ein fürstliches Geschenk auf dem Umhang meines Freundes hinterlassen, beschloss ich, bei einem Restaurant haltzumachen, das am Straßenrand aufgetaucht war und vor dem mehrere Fahrzeuge parkten. Als wir eintraten, bemerkte ich eine Familie, die an einem der Tische zu Mittag aß. Fünf Kinderaugenpaare richteten sich erstaunt auf den Prinzen in seiner prunkvollen Aufmachung. Schnell steuerte ich einen Tisch auf der entgegengesetzten Seite des Raumes an, was allerdings den Aufruhr nicht verhindern konnte, der so lautstark war, als hätte gerade einer der Heiligen Drei Könige Einzug gehalten, wenn auch ohne Kamel.

Die Reaktion der Kinder verstörte meinen Freund, der sich mit dem Rücken zu ihnen setzte. Die Anstrengungen, die der Vater unternahm, um seine Sprösslinge zu beruhigen – er schwenkte sogar das Hühnerbein, das er in der Hand hielt, durch die Luft –, zeigten nur mäßigen Erfolg, zumal er selber versuchte, das Geheimnis unserer wundersamen Erscheinung zu ergründen. Die Mutter, die mit dem Rücken zu uns saß, aß in aller Seelenruhe weiter, als könnte sie auf taub schalten, wann immer sie wollte, um dem Tumult, den diese teuflischen Kreaturen veranstalteten, wenigstens zeitweilig zu entfliehen.

Beim Essen versuchte ich das Selbstwertgefühl meines Freundes wiederaufzubauen, das durch die heftige Reaktion auf etwas so Triviales wie seine Kleidung ein wenig gelitten hatte. Ich erläuterte ihm, dass Unterschiede und Vielfalt wichtig seien, um eine Gruppe zu bereichern.

»Könnten wir Blumen nicht an ihrem Duft, ihrer Form oder ihrer Farbe unterscheiden, würden wir nie innehalten, um eine ganz bestimmte Blume zu betrachten. Es sind die Unterschiede, die uns anziehen. Indem wir diese eine Blume betrachten, machen wir sie zu etwas Einzigartigem.«

Innerlich bedauerte ich, dass die Dinge, die uns anziehen und ergänzen, manchmal missbraucht werden, um uns zu trennen und zu entzweien. Während wir uns über unser Grillfleisch mit Pommes frites und Salat hermachten, erklärte ich dem Prinzen, dass viele Genies von ihren Zeitgenossen abgelehnt worden waren, dass aber ohne das Festhalten dieser Genies an ihren Überzeugungen die Menschheit keinen Fortschritt gemacht hätte. Ich kritisierte die Mittelmäßigkeit derjenigen, die wie die Feuerwehr sofort herbeieilen, sobald sie sehen, dass eine Flamme der Kreativität sich entzündet, und diese Flamme löschen, statt ihr Luft zu lassen, damit das Feuer sich ausbreiten kann.

»Mein lieber Freund«, sagte ich und legte ihm eine Hand auf die Schulter, »du musst den Menschen verzeihen, dass sie zuerst auf dein Äußeres achten. Wenn du deiner selbst sicher bist und auf deine Werte vertraust, werden sie dich schließlich so nehmen, wie du bist, und sei es nur, um in ihrem Freundeskreis damit anzugeben, dass sie einen so besonderen Menschen wie dich kennen.«

Dann lehnte ich mich zurück und fügte hinzu: »Man kann natürlich auch wesentlich unkomplizierter mit Menschen in Beziehung treten.«

»Wie denn?«, fragte der Prinz, der wieder etwas munterer wirkte.

»Indem man genau das Gegenteil tut. Statt dein Äußeres zu benutzen, um die Aufmerksamkeit der Menschen zu erregen, und sie dann dazu zu bringen, deine inneren Werte zu entdecken, kannst du dich auch unter sie mengen, ohne groß aufzufallen. Dann kannst du dich aufgrund deiner Werte von ihnen abheben als jemand, der einzigartig und besonders ist.«

»Welchen Weg würdest du wählen?«, fragte er mich und sah mir fest in die Augen.

Ich dachte eine Weile nach, bevor ich antwortete: »Im ersten Fall kommen die Leute auf dich zu oder halten Abstand zu dir, ohne dich zu kennen. Sie bilden sich ihr Urteil, ob negativ oder positiv, allein aufgrund deiner äußeren Erscheinung. Das Gute daran ist, dass du die Aufmerksamkeit vieler Menschen auf dich ziehst, und das Schlechte, dass manche Menschen sich dir nie nähern werden. Im zweiten Fall erregst du keine Aufmerksamkeit, und viele Leute nehmen dich überhaupt nicht wahr oder erst sehr viel später. Hätte ich die Wahl, würde ich mich für den zweiten Weg entscheiden, der diskreter und langsamer ist, dafür aber nachhaltiger. Wichtig ist jedenfalls, dass du derjenige bleibst, der du bist, dass du dich nicht dem Geschmack anderer unterwirfst.«

»Hast du keine Angst, dass deine Botschaft verloren geht? Dass viele Menschen gar nicht mitbekommen, dass du einmal auf dieser Welt gewesen bist?«, fragte er.

Ich bemerkte, dass sich hinter dieser Frage die Angst verbarg, er könnte die Person, nach der er suchte, nicht finden. Wenn ich mich richtig erinnere, antwortete ich ihm, ich hielte einen Menschen nur dann für groß, wenn er auch von denjenigen für groß gehalten würde, die ihn kannten. Wenn es jemandem gelinge, etwas wirklich Bedeutendes zu lehren, und sei es lediglich der kleinen Schar Menschen, die ihm nahestünden, dann könne man sicher sein, dass sein Licht den Weg durch die Dunkelheit finde, so wie der Glanz eines fernen Sterns Tausende von Jahren im dunklen All unterwegs ist, bis er bei uns ankommt.

»Was die Menschen betrifft«, fügte ich mit Nachdruck hinzu und sah ihm in die Augen, »bin ich überzeugt, dass wir immer nur denen begegnen, die uns bestimmt sind. Wir müssen sie nur erkennen und von den anderen zu unterscheiden wissen.«

So kam es, dass der Prinz seine Kleidung wechselte. Als wir aus dem kleinen Dorfladen traten, trug er Jugendklamotten, Sneakers und eine nach hinten gedrehte Baseballkappe, unter der die goldenen Strähnen seiner schönen Haare hervorlugten. Niemand hätte ihn von den Hunderttausenden Jugendlichen seines Alters unterscheiden können.

»Immerhin wurdest du als Prinz geboren«, sagte ich lächelnd, um ihm das Gefühl zu geben, etwas Besonderes zu sein. Ein Prinz auf Streifzug in unserer Welt des Elends und der Wunder.

Er aber antwortete: »Wir werden alle als Prinzen geboren, nur dass manche es nicht wissen oder vergessen haben. Von jetzt an gibt es mein Reich nur noch in mir selbst.« Er rannte los und kickte einen Ball zurück zu einer Gruppe Jungs, die auf der Straße spielten. Alas versuchte beim Rennen an seinen Fußgelenken zu knabbern.

An dieser Stelle, lieber Leser, möchte ich dich und alle Freunde des Prinzen bitten, mir zu verzeihen, dass ich in Sachen Kleidung eingegriffen habe, denn von nun an werdet ihr den Prinzen nicht mehr auf den ersten Blick erkennen. Ich weiß jedoch, dass diejenigen unter euch, die mit dem Herzen sehen, ihn weiterhin sofort erkennen werden.

## *14. Kapitel*

Als wir wieder losgefahren waren, drehte sich der Prinz zu mir um und sagte: »Erzähl mir bitte, wie du es geschafft hast, kein seriöser Mensch zu werden.«

Offenbar fand er die Vorstellung beunruhigend, mit dem Älterwerden müsse man auch seriöser werden.

»Wie ich bereits erwähnte«, erklärte ich, »geben manche Menschen ihre Träume und Ideale auf und konzentrieren sich ausschließlich darauf, immer mehr zu haben, als gäben ihnen Macht und Besitz ein Gefühl von Sicherheit. Manchmal ist das Streben nach Erfolg und Anerkennung eine Flucht nach vorn, weil die Menschen keine Kritik ertragen und nicht den Mut haben, sie selbst zu sein und ihrer Berufung zu folgen. Manche Menschen haben auch einen zwanghaften Drang, alles zu kontrollieren, und dann manipulieren sie die Wirklichkeit und biegen sie sich in ihrem Sinne zurecht. Sie beurteilen die anderen und stecken sie in Schubladen, in denen sie sich kaum noch bewegen können. Dadurch hemmen sie den unbegrenzten Wandlungsreichtum des Universums und der menschlichen Liebe. Würden Eltern ihre Kinder mit dem gleichen Eifer lehren, was Liebe ist, wie sie ihnen Ordnung und Disziplin beibringen, wäre die Erde ein viel lebenswerterer Ort.«

»Willst du damit sagen, dass Disziplin nicht gut ist?«, fragte der Prinz.

»Normalerweise verstehen wir unter Disziplin, dass wir der Natur unsere menschliche Vorstellung von Ordnung aufzwingen wollen, wo die Natur doch einer göttlichen und folglich höheren Ordnung folgt. Der Mensch muss gut aufpassen, wenn er die Natur zu seinem Vorteil ordnet, denn das Ergebnis ist häufig das Gegenteil dessen, was er sich erhofft hat: eine natürliche Unordnung, die sich gegen ihn wendet. Die Verschmutzung des Planeten, die Ausrottung von Tier- und Pflanzenarten, die Erschöpfung der Rohstoffe sind negative Folgen von menschlicher Disziplin und Ordnung.«

»Verstehe«, sagte der Prinz mit nachdenklicher Miene. »Auf meiner vorigen Reise habe ich einen Mann kennengelernt, der die Sterne kontrollieren wollte. Er verbrachte seine Tage damit, sie zu zählen und zusammenzurechnen. Dann schrieb er das Ergebnis auf ein Blatt Papier, das er in eine Schublade legte. Er dachte, dadurch gehörten die Sterne ihm.«

»Wie ich sehe, ist dir aufgefallen, dass seriöse Menschen Zahlen mögen. Sie sind nicht zufrieden, bevor sie nicht ganz genau wissen, wie hoch ein Berg ist, wie viele Opfer ein Unfall gefordert hat oder wie viel Geld jemand im Jahr verdient, um nur einige Beispiele zu nennen. In Wirklichkeit besitzen wir nichts als uns selbst.«

»Ich habe gehört, dass man auf diesem Planeten den Menschen Nummern gibt, um sie zu ordnen«, erklärte er. Ich musste an Passnummern denken, Sozialversicherungsnummern, Telefonnummern, Kreditkartennummern.

»So ist es. Auf der Erde leben so viele Menschen, dass man sie anders nicht identifizieren kann. Namen allein genügen nicht«, antwortete ich etwas melancholisch.

»Zeig mal, wo du deine Nummern trägst«, bat mich der Prinz in der Erwartung, ich würde gleich einen Teil meines Körpers entblößen.

»Nein, nein, die Nummer wird uns nicht in den Körper geritzt«, erwiderte ich lächelnd und zog einige Dokumente aus meiner Brieftasche, um sie ihm zu zeigen. Das Lächeln gefror mir im Gesicht, als ich an die abgründigen Beispiele für das dachte, was ich gerade verneint hatte, Beispiele, die ich dem Prinzen nur schwer hätte erklären können. »Es kann allerdings durchaus sein, dass wir in nicht allzu ferner Zukunft anhand unseres genetischen Codes identifiziert werden, denn dieser Code ist bei jedem Menschen einzigartig. Ich bete zu Gott, dass damit nicht unsere Freiheit eingeschränkt wird.«

»Wie meinst du das?«, fragte der Junge, dem die Besorgnis in meiner Stimme nicht entgangen war.

»Der Mensch wurde von Gott als ein geistiges Wesen erschaffen, ausgestattet mit einem freien Willen, einem Bewusstsein seiner Selbst und der Fähigkeit, zu denken und zu träumen, die wir Seele nennen. Deshalb können wir Menschen ohne Freiheit nicht unser Bestes geben, können nicht wirklich lieben und nichts Neues schaffen.«

»Gott? Wer ist Gott? Vorhin hast du von ihm gesprochen, als würde er vieles von dem verursachen, was auf diesem Planeten geschieht, und als wäre er andererseits imstande, vieles zu erklären.«

»Wer Gott ist? Ich bin mir nicht mal sicher, ob die Frage lautet, *wer* er ist oder *was* er ist.«

»Aber du sprichst von ihm …«

»Ja, ja«, unterbrach ich ihn. »Wie könnte ich nicht von ihm sprechen?« Ich atmete tief durch und ließ einige Minuten verstreichen, während der Prinz mich verwundert ansah. »Wenn ich wüsste, wer Gott ist, wüsste ich alles. Über ihn wurde gesagt: Er ist, was er ist, sein eigener Anfang und sein eigenes Ende und folglich der Anfang und das Ende von allem, was existiert. Andere stellen sich ihn als ewige Wiedergeburt vor, als eine nie endende Kette von Ursachen und Wirkungen. Wieder andere orientieren sich an unserer Idee von Vollkommenheit und definieren ihn als das Gute oder das Schöne, als das Wort, den Schöpfer, die Wahrheit oder die Höchste Weisheit.«

»Dann könnte man also sagen«, erwiderte mein Reisegefährte, »dass es weniger gibt, was die Menschen über Gott wissen, als was sie nicht wissen.«

»Ja, das könnte man sagen, denn die begrenzte menschliche Intelligenz ist nicht imstande, eine unendliche Idee zu begreifen. Umso mehr erfüllt es mich mit Scham, dass sich die Menschen in ihrer Ignoranz wegen der unterschiedlichen Antworten auf die Frage nach Gott noch heute gegenseitig töten.« Den Prinzen schienen meine Worte zu erschrecken, also lächelte ich ihm beruhigend zu. »Du brauchst keine Angst vor mir zu haben, ich bin nicht so primitiv!«

»Gibt es noch mehr Fragen, über die sich die Menschen streiten?«, hakte er nach, als wollte er wissen, was ihn auf unserem intoleranten und gewalttätigen Planeten noch so alles erwartete.

»Ja, jede Menge, aber keine Frage hat so viel Hass heraufbeschworen wie die Diskussion über Gott, was nur beweist, wie wenig unser Bewusstsein entwickelt ist. Und neuerdings geschieht etwas, was ich noch viel schlimmer finde: Die Menschen stellen sich die Frage nach Gott gar nicht mehr, als würde es sie nicht interessieren, warum sie auf der Welt sind.«

»Und was glaubst du?«, fragte der Prinz in der Hoffnung, ich könnte etwas Licht in diese verworrene Angelegenheit bringen.

»Ich spüre Gott in mir, als ein Gefühl der Verbundenheit mit allen lebenden Kreaturen und als eine Energie oder Liebe, die uns und das gesamte Universum trägt. Gott spricht zu mir durch Zeichen, Symbole, Wunder und Zufälle, die mich leiten, durch Telepathie, Träume, Intuition und Vorahnungen. All dies sind Möglichkeiten, mit unserem Bewusstsein in Verbindung zu treten und ein erfüllteres Leben zu führen, wenn wir nur wach, aufmerksam und offen für Veränderungen sind. Manchmal ist es eine innere Stimme wie ein Engelsmurmeln, manchmal ein Wind, ein Sturm oder ein Regenbogen. Wenn es dir gelingt, in deinem Geist für Stille zu sorgen, und wenn du die Fragen klar formulierst, brauchst du nur achtsam zu sein, dann werden die Antworten von allein kommen. Das tun sie immer!«

Die Erklärung schien meinen jungen Begleiter zu beruhigen. Eine Weile war er still und nachdenklich.

»Auch Tiere können nicht ihr Bestes geben, wenn sie in einen Käfig gesperrt sind«, bemerkte er schließlich, wahrscheinlich weil er an sein in einer Kiste gefangenes Schaf dachte. Zärtlich streichelte er dem schlafenden Alas über den Kopf.

»Manche Leute sperren ihre Mitmenschen und sogar ihre Kinder in Käfige mit Gitterstäben aus Forderungen, Erwartungen und Ängsten«, überlegte ich laut, »und sie sind sich überhaupt nicht darüber im Klaren, dass alles, was sie anderen aufzwingen, unweigerlich deren Widerstand hervorruft. Alles, was zu geistiger Unbeweglichkeit und zu Mangel an Spontaneität führt, steht im Widerspruch zur ständigen Erneuerung, die das Leben ausmacht. Schließlich geht es nirgendwo geordneter zu als auf einem Friedhof.«

»Dann sollten wir also lieber auf Ordnung verzichten?«, fragte der Prinz, der mit meiner Antwort offenbar noch immer nicht zufrieden war.

»Um uns wohlzufühlen, brauchen wir eine äußere Ordnung, jeder nach seinem Maß. Die Ordnung aber, auf die es wirklich ankommt, ist die Ordnung des Geistes, die sich an Gott orientiert, denn von ihm kommen wir und zu ihm gehen wir. Es handelt sich dabei nicht um eine starre Ordnung, sondern um eine ständige Wandlung und Entwicklung unseres Geistes.«

»Wieso weißt du eigentlich so viel?«, fragte er, weil er sich wunderte, dass ich auf alle seine Fragen eine Antwort hatte.

»Erfahrung und Intuition.«

»Und irrst du dich nie?«, fragte er bewundernd weiter.

»Natürlich irre ich mich, aber in dem Fall füge ich den Irrtum einfach meiner Erfahrung hinzu. Das, woran ich glaube, ist keine absolute Wahrheit, es ist einfach ein Wissen, das mir geholfen hat, gut durchs Leben zu kommen. So solltest du es auch halten. Glaub nichts von dem, was ich dir erzähle. Nimm es einfach auf und schau, ob es dir nützlich ist.«

»Und wo finde ich diese Erfahrung?«, fragte der Prinz.

»Im Leben«, antwortete ich. »Erfahrung ist nichts anderes als die Möglichkeit, Fehler zu begehen und an diesen Fehlern zu wachsen. Und wenn du klug bist, nimmst du auch die Fehler anderer in deinen Erfahrungsschatz mit auf, dann musst du sie nicht selber begehen. Bücher, Lehrmeister und die Geschichten anderer Menschen können dir Wege eröffnen, allerdings musst am Ende immer du selbst entscheiden, welche Erkenntnisse für dich gültig sind.«

An seinem Gesicht konnte ich ablesen, dass er das alles ein bisschen vage fand. Junge Leute lernen eindeutig mehr, wenn wir ihnen Vorbild sind, als wenn wir große Reden schwingen.

Die Straße verlief parallel zu einem Fluss, der sich am Grund einer tiefen Schlucht schlängelte. Zu beiden Seiten erhoben sich die seltsam zerklüfteten Felsen der Anden in den Himmel. Einer der Felsen erregte unsere besondere Aufmerksamkeit: Er war länglich und ragte von einem Bergkamm senkrecht gen Himmel. Ein Schild am Straßenrand zeigte seinen Namen an: »Der Finger Gottes.«

Ich musste grinsen, weil ich mir vorstellte, dass die Einheimischen dem Felsen wahrscheinlich schnell einen heiligen Namen gegeben hatten, bevor Reisende auf andere Gedanken kamen.

Mir war die Vorstellung, dass Gott seinen Finger dem Menschen entgegenstreckt – so wie Michelangelo es in der Sixtinischen Kapelle dargestellt hat – und nicht umgekehrt, wesentlich lieber. In diesem Moment fiel mir das Beispiel ein, nach dem ich gesucht hatte.

»Die Erfahrung«, sagte ich zu meinem Freund, der sich mir erneut zuwandte, »ist wie eine Landkarte. Was die Zukunft angeht, ist die Karte unvollständig. Deshalb musst du jeden Tag darauf vertrauen, dass deine Vermutungen richtig waren, und am Ende des Tages alle Vermutungen verwerfen, die sich als falsch erwiesen haben.«

»Und die Intuition?«, fragte der Prinz, der nicht lockerließ. Hier in diesem Auto würde niemand mich für meine guten Beispiele loben, so viel stand fest.

»Die Intuition ist der erste Eindruck, den eine Person oder eine Situation bei dir hinterlässt, und normalerweise stimmt dieser erste Eindruck. Leider wird in unserer Gesellschaft das rationale Denken überbewertet, das sehr langsam ist. In der Wissenschaft mag es nützlich sein, im zwischenmenschlichen Bereich hat es seine Grenzen. Das intuitive Denken hingegen ist schnell und ganzheitlich.«

»Ich glaube, dass meine Blume intuitiv war«, erklärte er, »denn sie wusste immer schon, was ich sagen wollte, bevor ich es aussprach. Vielleicht verstehen Menschen und Blumen einander deshalb nicht.«

# *15. Kapitel*

Ich gab mich vollständig dem Genuss hin, die kurvenreiche Landstraße entlangzufahren, die jetzt dem Ufer eines von Pinienwäldern umsäumten Sees folgte. Bei jedem Schalten vibrierte der Motor, und ein angenehmer Schauder durchfuhr mein Rückgrat. Für mich, der ich Autos und hohe Geschwindigkeiten liebe, war es ein solch besonderer Augenblick, dass die nächste Frage des Jungen mich wie ein Schneesturm im Frühling traf.

»Du hast mir von seriösen Menschen erzählt«, erinnerte er mich. »Was weißt du sonst noch über sie?«

»So einiges«, murmelte ich resigniert, weil ich ihm unmöglich erklären konnte, dass er gerade eine einzigartige Symphonie der Mechanik unterbrochen hatte. »Schließlich war ich selbst drauf und dran, zu einem erlauchten Vertreter dieser Spezies zu werden.«

»Was hat dich davon abgehalten?«, fragte der Prinz, der wie immer gleich zum Kern der Sache kam.

»Ich habe mir die seriösen Menschen um mich herum angesehen, alles respektable und erfolgreiche Leute, und dabei festgesellt, dass kein einziger wirklich glücklich war.«

»Soll das heißen, dass Ordnung und Disziplin sie unglücklich gemacht haben?«, fragte er überrascht.

»Nein«, erwiderte ich, »aber es ist so, dass seriöse Menschen Ordnung mögen und Überraschungen nicht leiden können, also alles, was sich ihrer Kontrolle entzieht. Aber je mehr Kontrolle sie ausüben, desto weniger genießen sie das Leben. Sie wünschen sich eine Welt, die immer nach exakt demselben Muster abläuft, eine Welt ohne Zauber und Staunen. Jede Veränderung weckt ihren Ärger und ihre Sorge. Das ist fatal, denn unsere Wirklichkeit ist so unbeständig, dass wir dauernd mit Veränderungen konfrontiert werden.«

»Was du da sagst, erinnert mich an einen Laternenanzünder, der nicht aus seiner Routine ausbrechen konnte«, erklärte der Prinz. »Als sein Planet sich schneller zu drehen begann, wurde seine Arbeit zur Hölle.«

»Das Leben dieser Menschen ist so schillernd und flüchtig wie ihr Nachruf, egal, wie viele Medaillen und Diplome sie angehäuft haben. Und niemand traut sich eine entsprechende Fußnote hinzuzufügen, die da lautet: ›Und trotzdem waren sie nicht glücklich.‹ Der Himmel schreibt die Inschrift, die sie verdienen, mit Sternschnuppen an sein Gewölbe.«

»Niemanden sollte es mit Stolz erfüllen, eine Sternschnuppe zu sein, die sofort verglüht«, befand der Prinz.

»Da hast du recht«, pflichtete ich ihm bei und fügte hinzu: »Sie sind wie kleine Flämmchen, die schnell verlöschen, wie Glühwürmchen in der Nacht der Zeit.«

Dann fuhr ich mit meinen Überlegungen fort: »Und dann gibt es noch die Leute, die vor lauter Seriosität so fest an ihren Idealen festhalten, dass sie eine Mauer darum errichten, obwohl die Realität sie etwas anderes lehrt, bis sie letztlich den geistigen Erstickungstod sterben. Manchmal ist diese Mauer so perfekt gebaut, dass sie keinen Spalt mehr finden, um wieder hineinzugelangen. Dann müssen sie draußen bleiben wie Marionetten ohne Fäden, wie Gespenster, die nicht wissen, wer sie sind, woher sie kommen und wohin sie gehen. Ihre Welt schweift ziellos umher und wird irgendwann so kalt wie ein verirrter Komet.«

»Ich will kein verirrter Komet sein«, sagte der Prinz. Dann fragte er: »Was ist ein Gespenst?«

»Ein Gespenst ist ein Bild ohne Inhalt, ein Schatten, eine Erscheinung, die auf nichts gründet. Manche Leute glauben nicht an Gespenster. Ich hingegen schon, ich glaube sogar, dass sie überall sind. Für mich sind Gespenster Menschen ohne Herz.«

»Dann will ich auch kein Gespenst sein«, überlegte der Prinz, dem immer klarer wurde, welche Schwierigkeiten mit dem Älterwerden verbunden waren.

»Du darfst deine Träume nicht verraten, und du darfst sie auch nicht in dir einsperren, bis sie vor Entkräftung sterben. Du musst lernen, die Wirklichkeit und deine sehnlichsten Wünsche miteinander zu verbinden. Du musst bei allem, was du tust, dein Bestes geben, damit sich darin deine Seele widerspiegelt. Und du musst jedem Menschen dein Bestes schenken, damit sich darin deine Liebe widerspiegelt. Nur so wird die Welt zu einem Spiegel, der alles vergrößert und mehr zurückgibt, als du ihm selbstlos gegeben hast. Wer möchte, dass die Welt ihm zulächelt, muss selber lächeln, und wer möchte, dass die Welt ihn liebt, muss selber lieben. Es gibt eine Zeit, in der sich die Welt ganz auf dich konzentriert: deine Kindheit. Und es gibt eine Zeit, in der sich deine Welt den anderen öffnet: die als Erwachsener. Bevor diese zweite Zeit anbricht, musst du alles abstreifen, was an dir launisch, rigide und egoistisch ist, und lernen, für das einzutreten, was deiner inneren Überzeugung entspricht. Liebe dich selbst, dann kannst du auch die anderen lieben. Liebe deine Träume, dann kannst du dir eine schöne Welt voller Herzenswärme aufbauen, in der es nie an Lächeln und Umarmungen mangelt. Es wird eine Welt sein, in der du gern lebst, eine Welt, die auf einer bunten Umlaufbahn kreist. Wenn du wirklich an diese Welt glaubst und sie Stück für Stück erschaffst, dann wird sie für dich möglich. Sie wird die Belohnung sein, die du verdienst, denn noch nie habe ich jemanden getroffen, der sein Glück nicht verdient, aber trotzdem genossen hätte. Nur Menschen, die wirklich lieben, sind wie Sterne, deren Licht auch dann noch leuchtet, wenn sie von uns gegangen sind.«

Als der Prinz antwortete, verriet seine Stimme, dass er tief bewegt war. »Wenn ich sterbe, möchte ich ein Stern sein. Bring mir bei, wie ich leben muss, damit ich ein Stern werden kann«, bat er mich und lehnte sich, die Arme um seinen Hund geschlungen, ans Fenster.

»Eine genaue Formel dafür kann ich dir nicht bieten«, antwortete ich voller Zuneigung, »zumal ich kein Experte in Sachen Sterne bin. Ich kann dir nur näherbringen, was ich in meinem Leben gelernt habe: eine Handvoll Wahrheiten, die allein durch Liebe vermittelt werden können. Wie wir alle trägst auch du die Fähigkeit zu lieben in dir, und das ist alles, was du brauchst. Wenn du Zweifel hast, such in dir selbst. Wenn du genug Geduld hast, wirst du dort stets eine Antwort finden.«

Aber er hörte mir schon nicht mehr zu. Vielleicht hatte er entdeckt, dass wir im Land der Träume alle Prinzen und Sterne sein können.

# *16. Kapitel*

An jenem Abend stiegen wir in einem wunderschönen Hotel ab, das direkt an einem von weiten Wäldern umgebenen See lag. Es war aus Holz und Stein gebaut, und in den Kaminen prasselten behagliche Feuer. Alle Zimmer hatten Namen, und die Wände waren mit passenden Motiven bemalt. Unser Zimmer hieß »Die Wiese«. Folglich war es grün gestrichen und mit Pflanzen und Wildblumen bemalt. Laut Hausordnung musste Alas die Nacht in einer kleinen, aber komfortablen Hütte verbringen. Meinem jungen Freund fiel die Trennung von dem Welpen nicht leicht.

Eigentlich hätte es mich nicht überraschen dürfen, beim Abendessen auf dieselbe lärmende Familie zu stoßen, die wir schon beim Mittagessen getroffen hatten, denn in jener Gegend gab es nicht viele Hotels. Wie nicht anders zu erwarten, sorgte unser Eintreten für einen ähnlichen Aufruhr wie beim ersten Mal, was nur die Wahrheit des Sinnspruchs beweist: Was immer du tust, du wirst die anderen nie zufriedenstellen.

Im Laufe des Abendessens wurde die aggressive Stimmung am Tisch der Familie unerträglich, vielleicht weil sowohl die Kinder als auch Eltern müde waren, sodass wir uns äußerst unwohl fühlten. Das kleinste Kind weinte hemmungslos. Ein weiteres musste zur Strafe hungern. Und das dritte musste seinen Fisch aufessen, obwohl er ihm offensichtlich nicht schmeckte. Die beiden anderen Kinder starrten auf ihre Teller und wagten es nicht, sich für ihre Geschwister einzusetzen. All dies schlug meinem jungen Freund, der Familienstreitigkeiten nicht gewohnt war, so sehr auf den Magen, dass ihm der Appetit verging. Da bewirkte er das zweite Wunder der Liebe: Er stand auf, holte Alas, trug ihn wie ein weiches weißes Baby durch den Raum und schenkte ihn den Kindern. Mit freudestrahlenden Augen sahen sie ihn an und streckten die Hände aus, um Alas zu streicheln.

Die Geste des Prinzen war so bewegend, dass es den Eltern die Sprache verschlug. Als sie endlich reagieren konnten und das Geschenk abzulehnen versuchten (sicherlich hatten sie allerlei vernünftige Gründe dafür), war Alas bereits Teil ihres Lebens. Sie schafften es kaum, zu mir herüberzusehen, als müsste ich, der vermeintliche Vater, das Geschenk erst autorisieren. Als ich lächelnd nickte, war das Schicksal des Welpen besiegelt. Am nächsten Tag würde die Familie ihre Fahrt zu acht fortsetzen.

Das Glück kehrte in den Speisesaal zurück, und mein junger Freund konnte sein Essen endlich genießen. Unterbrochen wurde er nur von dem Gelächter der Kinder und dem entzückten Bellen von Alas, der nun fünf Freunde hatte, die immer mit ihm spielen und alle seine Bedürfnisse befriedigen würden.

»Was du eben getan hast, ist wunderbar, umso mehr, als sich diese Kinder heute Morgen noch über dich lustig gemacht haben«, erklärte ich, um ihn aus der Reserve zu locken.

Doch er sagte nur: »Du hast mir selbst erklärt, dass meine ungewöhnliche Erscheinung eine Provokation war und die Kinder gar nicht anders reagieren konnten. Außerdem habe ich die angespannte Stimmung nicht mehr ausgehalten und bin meinem Wunsch gefolgt, sie irgendwie zu lindern. Alas war eine Zeit lang an meiner Seite und hat mich glücklich gemacht, als ich es am meisten gebraucht habe. Es ist nur gut, dass er jetzt andere Herzen erfreut.«

Mit dieser tröstlichen Erfahrung ging unser zweiter Reisetag zu Ende. Wieder einmal hatte der Prinz mit einer einzigen Geste all meine wohlüberlegten Erklärungen in den Schatten gestellt.

# *17. Kapitel*

Ich schlief länger als üblich und wachte erholt auf. Mein junger Freund war nicht im Zimmer. Als ich die Vorhänge beiseitezog, sah ich ihn: Reglos wie das Wasser stand er allein am Ufer des Sees. Im ersten Sonnenlicht lösten sich die letzten Nebelreste auf wie Zuckerwatte im Mund eines Kindes. Die Landschaft strahlte eine unendliche Ruhe aus. Nach dem Frühstück machten wir uns auf den Weg. Bevor wir losfuhren, bemerkten wir, dass das Auto der lärmenden Familie nicht mehr da war. Eine Viertelstunde fuhren wir im schützenden Schatten von Zedern, Tannen und Araukarien über eine Schotterpiste. Als wir uns dem Waldrand näherten, rief der Prinz plötzlich: »Halt an!«

»Was ist los?«

»Bitte, halt an!«, wiederholte er sichtlich aufgewühlt.

Ich hielt an, und er stieg wortlos aus und ging etwa zwanzig Meter in den Wald hinein.

»Ah, darum geht's«, sagte ich erleichtert, aber auch verwundert, dass sich die körperlichen Bedürfnisse meines Freundes so schlagartig bemerkbar gemacht hatten.

Doch dann wurde mir klar, dass seine unerwartete Reaktion einen anderen Grund gehabt hatte, denn er kam mit Alas auf dem Arm auf mich zu. Diesmal leuchteten seine Augen nicht, sondern verrieten Trauer und Schmerz.

Ich konnte nicht fassen, dass jemand fähig war, ein so zartes Geschöpf einfach auszusetzen.

Alas keuchte, zitterte vor Angst und leckte dem Prinzen verzweifelt über Gesicht und Hände. Wie sehr er sich freute, uns wiederzusehen, war unverkennbar.

»Das waren garantiert nicht die Kinder«, sagte ich und

versuchte zu erahnen, was mein Freund angesichts dieser Grausamkeit wohl empfinden mochte. »Ich begreife nicht, warum sie ihn nicht im Hotel gelassen haben, damit man ihn uns wiedergibt. Ein einfaches ›Danke‹ oder ›Entschuldigung‹ auf einem Zettel hätte genügt«, machte ich meinem Ärger Luft, während er nur schweigend dastand.

Die Aufregung hatte dem Welpen jegliche Kraft geraubt, sodass er sofort einschlief, als er wieder auf dem Schoß des Prinzen saß, der ihn unermüdlich streichelte.

Die Straße führte aus dem Tal hinaus, und plötzlich befanden wir uns wieder inmitten der kargen Landschaft, deren einsame Weite eher zum Denken als zum Sprechen einlädt.

Keiner von uns traute sich, das Wort zu ergreifen, als wäre das, was gerade passiert war, mit Worten nicht erklärbar. Schließlich war ich derjenige, der das Schweigen brach.

»Wir sollten froh sein, dass Alas noch lebt. Am besten wir betrachten die Sache als vergeben und vergessen.«

Der Prinz schwieg weiterhin, als hätte er mir nicht zugehört. Sein Gesichtsausdruck war melancholisch und reserviert.

»Ich habe meine Blume verlassen«, sagte er schließlich, »und kann mir nicht verzeihen, dass sie verwelkt ist. Und ich fühle mich schuldig, weil ich an den guten Absichten meines Freundes gezweifelt habe, auch wenn das Unkraut es mir eingeflüstert hat.«

Da begriff ich, was ihn in der Vergangenheit gefangen hielt und sein Lächeln trübte. »Jetzt weiß ich, was dich daran hindert, den nächsten Schritt zu tun«, sagte ich, absolut überzeugt davon, dass meine Diagnose richtig war. »Hör gut zu, ich werde dir jetzt das Geheimnis des Glücks verraten.«

»Du kennst das Geheimnis des Glücks?«, fragte der Prinz und riss die Augen auf, weil er nicht glauben konnte, dass ihm gleich die Antwort auf eine Frage enthüllt werden würde, die die Menschheit seit Jahrhunderten beschäftigte.

»Ich glaube schon«, erwiderte ich, denn ich wusste, dass ich in einer solchen Situation besser Sicherheit an den Tag legte, als Bescheidenheit zu heucheln. »Ich habe dafür kein altes Manuskript entziffert, und ich bin auch nicht in die verbotene Kammer einer geheimnisvollen Pyramide eingedrungen, ich bin nur zu der Überzeugung gelangt, dass diese Wahrheit wie alle großen Wahrheiten einfach und selbsterklärend ist.«

»Dann sag mir bitte, wie diese Wahrheit lautet«, flehte der Prinz.

»Glücklich wirst du, indem du liebst und verzeihst, denn wenn du liebst und verzeihst, wird man auch dich lieben und dir verzeihen. Ohne Liebe kein Verzeihen, denn Liebe ist größer als Verzeihen. Und lieben und verzeihen kannst du nur, wenn du dich selbst liebst und dir selbst verzeihst.«

»Wie kann man sich selbst lieben, wenn man seine Schwächen kennt?«, wandte er ein.

»Genauso wie man andere liebt, deren Schwächen man kennt. Wer erst lieben will, wenn ihm das perfekte Wesen begegnet, wird eine Enttäuschung nach der anderen erleben und am Ende niemanden lieben. Damit du dich selbst lieben und dir verzeihen kannst, musst du den Wunsch verspüren, über dich hinauszuwachsen, und dich gleichzeitig damit abfinden, dass du nicht mehr als dein Bestes geben kannst.«

»Woher weiß ich, dass ich liebe, wenn ich noch nie geliebt habe?«, fragte der Prinz mit bestechender Logik.

»Wahre Liebe erkennst du daran, dass dir das Glück des anderen wichtiger ist als dein eigenes. Wahre Liebe ist frei und kennt keine Grenzen. Wer liebt, will nicht die eigenen Bedürfnisse befriedigen, sondern dafür sorgen, dass es dem geliebten Menschen gut geht.«

»Was ich noch immer nicht verstehe: Wie kann ich wahre Liebe schenken, wenn ich sie noch nie selbst erfahren habe?«

»Ein sehr berechtigter Einwand. Manche Menschen haben das Glück, von ihren Eltern bedingungslos geliebt zu werden. Andere gelangen durch Meditation zu der Erkenntnis, dass sie eine unsterbliche Seele haben und der Schöpfer dieser Seele sie liebt. Wieder andere lesen die Bibel und spüren die reine Liebe Jesu, der Mensch geworden ist und sein Leben gab, um uns von Angst und Tod zu befreien und um uns zu zeigen, dass auch wir geistige Wesen sind, die einer menschlichen Erfahrung unterliegen. Andere wiederum entdecken durch die Worte erleuchteter Meister ihr Mitgefühl für alle lebenden Kreaturen. Wenn du nur ehrlich genug suchst, wirst du einen Grund finden, dich selbst zu lieben.

Du wirst entdecken, dass du ein einzigartiges und wunderbares Geschöpf bist.«

Ich sprach mit großer Emphase, weil ich wusste, dass es kein schwierigeres und gleichzeitig erhabeneres Unterfangen gibt, als ein verwundetes Herz zu heilen. In tiefes Schweigen versunken hörte der Prinz mir respektvoll zu.

»Wir müssen von den Kindern lernen«, fuhr ich fort, »denn sie verzeihen schnell, sodass Hass und Rache erst gar nicht entstehen. Was hast du dir denn Schreckliches vorzuwerfen? Dass du zweifelst? Selbst Menschen, deren Glauben gefestigt ist, haben manchmal Zweifel. Akzeptiere deine Fehler und vertraue auf die Barmherzigkeit Gottes, denn er hat dir bereits verziehen. Und wenn du nicht an Gott glaubst, was hättest du zu verlieren, wenn du dir selbst verzeihst? Du bist der Stimme aus deinem Traum gefolgt, um deinen Freund, den Piloten, zu suchen und ihn zu fragen, warum er dir eine Kiste geschenkt hat, in die kein Schaf passt.«

Er schwieg weiterhin. Reglos, die Augen halb geschlossen, saß er da. Er hatte sogar aufgehört, Alas zu streicheln.

»Wegen der Blume solltest du nicht so streng mit dir sein. Blumen verwelken am Ende des Sommers und blühen im Frühling wieder auf. Vielleicht hat sie dich nur verstoßen, damit du nicht siehst, wie sie runzlig wird und ihre Blätter verliert.«

Ich spürte, dass ich nun die volle Aufmerksamkeit des Prinzen hatte, als hinge von jedem meiner Worte sein Leben ab.

»Du hast deine kleine Welt verlassen, aber nur, um eine größere zu erforschen. Jede Entscheidung bringt einen Verzicht mit sich. Jede Veränderung bedeutet, dass wir einen Teil von uns aufgeben müssen. Nur so können wir wachsen und uns entwickeln. Schmerz ist unvermeidlich, aber er ist leichter zu ertragen, wenn wir wissen, dass jede Erfahrung uns bereichert. Nach und nach streifen wir alles Nebensächliche ab und bewahren uns nur das Wesentliche wie ein Pilger, der auf dem Weg zum Heiligtum nur noch bei sich trägt, was unentbehrlich ist.«

Die Worte kamen mir mühelos über die Lippen, als hätte sie mir jemand in den Mund gelegt.

»Erlaube mir noch eine Bemerkung zu deinem Unkraut: Du wolltest es ausreißen, weil du das Vorurteil hattest, Unkraut sei etwas grundsätzlich Schlechtes. Aber ist das Unkraut wirklich an sich schlecht? Nein, denn es tut nur das, wozu es geschaffen ist, nämlich Unkraut zu sein. Wie kannst du einem Geschöpf vorwerfen, dass es mit allen Mitteln um sein Überleben kämpft, wenn seine Existenz gefährdet ist?«

Der Junge sah mich verwundert an, aber seine Lippen waren weiterhin wie versiegelt.

»Nichts ist an sich gut oder schlecht, sondern nur im Verhältnis zu uns, zu dem Nutzen, den wir daraus ziehen. Ich würde vielmehr sagen, dass alles, was existiert, allein schon dadurch gut ist, dass es existiert. Im Plan der Schöpfung hat vieles, was geschieht, einen Sinn, den wir nur nicht begreifen. Existiert das Unkraut, damit wir es ausreißen, und verhindert es dadurch, dass wir faul werden? Existiert der Schmerz, damit wir das Glück schätzen können? Existiert der Hass, damit wir die gesegnete Erfahrung des Verzeihens machen können? Fest steht jedenfalls, dass wir uns nicht entwickeln und unser wahres Sein entdecken können, wenn wir nie Schwierigkeiten überwinden müssen. Es sind gerade die kritischen Momente unseres Lebens, die das Beste aus uns herausholen.«

Ich atmete tief durch und schwieg, um dem Prinzen Zeit zu lassen. Denn damit in uns der Wunsch entsteht, anderen und uns selbst zu verzeihen, braucht es Zeit.

Paradoxerweise glauben die meisten Menschen, sie würden jemandem etwas Gutes tun, wenn sie ihm verzeihen, obwohl sie in Wirklichkeit vor allem sich selbst etwas Gutes tun. Negative Gefühle wenden sich immer gegen einen selbst. Wer nicht verzeiht, wer neidet und hasst, richtet bei sich selbst den größten Schaden an.

Plötzlich kam mir ein Satz von Buddha in den Sinn, so blitzschnell, wie ein Hase über die Fahrbahn huscht: »Wer mir Schaden zufügt, wird den Schutz erhalten, der meiner Liebe entspringt. Je größer seine Bosheit, desto größer die Güte, die er von mir erhält.«

# 18. Kapitel

Gegen Mittag erreichten wir eine Stadt, die für ihr bedeutendes Hotel und Kongresszentrum bekannt ist.

Erbaut wurde dieses Zentrum, um den Tourismus zu fördern. Indem man Wirtschafts- und Künstlertagungen abhielt, wollte man die lokalen Sehenswürdigkeiten bekannter machen. Wir hielten an, um etwas zu essen. Auf dem Weg zum Restaurant kamen wir an einem großen Tagungssaal vorbei, der gut gefüllt war. Mit vagem Interesse ließ ich meinen Blick durch die geöffneten Türen in Richtung Podium schweifen und entdeckte zu meiner großen Überraschung, dass der Redner jener Familienvater war, den wir tags zuvor getroffen hatten. Er beendete gerade eine Rede, mit der er sich als Kandidat für irgendeinen Posten oder irgendeine Funktion anpries. Seine Worte trafen uns wie ein Schlag: »… können Sie mir vertrauen. Ich werde Sie nicht enttäuschen.«

In diesem Moment fiel sein Blick auf die klaren, durchdringenden Augen meines jungen Freundes.

Mich packte eine wilde Lust, den Mann in aller Öffentlichkeit zu demaskieren, alle Anwesenden wissen zu lassen, dass er uns noch an diesem Vormittag enttäuscht und einen wehrlosen Welpen ausgesetzt hatte. Angewidert stellte ich fest, dass auf seinem Gesicht nicht einmal ein Hauch von Bedauern zu erkennen war, wahrscheinlich weil solche Gefühle ein Mindestmaß an Menschlichkeit voraussetzen.

Trotz allem lag in den Zügen des Prinzen nicht der geringste Groll. Stattdessen strahlte er so sehr übers ganze Gesicht, dass kein Schatten es verfinstern konnte.

Wir gingen schnell weiter in Richtung Restaurant, um dem Publikum zuvorzukommen, dessen Appetit nach dem Abschlussapplaus wahrscheinlich geweckt sein würde.

Gerade als wir uns über unser Essen hermachen wollten, trat der Familienvater ein und steuerte, als er uns erblickte, direkt auf unseren Tisch zu. Ich war überrascht, dass er den Mut hatte, zu uns zu kommen, und spürte gleichzeitig, wie ich mich innerlich anspannte.

Er hingegen schien die Ruhe selbst. Als er bei uns war, lächelte er uns an, legte dem Prinzen eine Hand auf die Schulter und sagte: »Was du gestern getan hast, war eine wundervolle Geste. Ich kann aber gut verstehen, dass du deine Entscheidung hinterher bereut hast. Dein Hund ist etwas ganz Besonderes, wobei ich gestehen muss, dass meine Kinder sehr enttäuscht waren, als er heute Morgen weg war.«

»Ich verstehe nicht«, stammelte ich und warf dem Prinzen, der reglos dasaß, einen raschen Blick zu. »Was soll das heißen: Er war weg?«

Doch der Familienvater überging meine Bemerkung und fuhr fort: »Wenn Sie wenigstens eine Nachricht hinterlassen hätten, was weiß ich, dass Sie den Hund einfach viel zu gern haben, dann hätte ich es den Kindern leichter erklären können.«

»Hören Sie«, sagte ich diesmal energischer, denn es wollte mir ganz und gar nicht einleuchten, dass er sich plötzlich als der Nette und Verständnisvolle in Szene setzte, wo diese Rolle doch uns zustand. »Mein junger Freund hat überhaupt nichts bereut. Heute Morgen, als Sie schon längst abgefahren waren, fanden wir den Hund im Wald und dachten ...«

»... dass wir ihn ausgesetzt haben?«, vollendete der Vater den Satz, den ich nicht auszusprechen wagte. »Einen wehrlosen Welpen einfach so aussetzen? Wie kommen Sie denn auf eine so barbarische Idee?«, wehrte sich der Mann entrüstet.

Ich wusste nicht, was ich sagen sollte, und so ergriff nach einem peinlichen Schweigen der Vater wieder das Wort: »Ich bin vielleicht manchmal etwas streng zu meinen Kindern, aber ich bin kein herzloser Mensch und versuche immer, gerecht zu sein. Meiner Meinung nach ist ein bisschen zu viel Disziplin immer noch besser, als keine Grenzen zu setzen.«

Dann dachte er kurz nach.

»Ich weiß auch nicht, was passiert sein könnte«, fuhr er schließlich fort. »Vielleicht hat der Hund es irgendwie geschafft, die Tür seiner Hütte aufzukriegen, und ist dann in den Wald gelaufen.« An den Prinzen gewandt, fügte er hinzu: »Die Kuvasz sind eine unruhige Rasse, wusstest du das? Was für ein Glück, dass du ihn gefunden hast!«

Mir hatte es die Sprache verschlagen wie einem Kind, das man bei einem Streich erwischt hat.

»Ich muss wieder los. Gute Reise«, verabschiedete sich der Mann.

Der Prinz rief ihm nach: »Wo finde ich die Kinder?«

Der Mann blieb stehen und blickte zurück. »Zimmer 310 und 311. Sie werden sich bestimmt freuen, dich zu sehen.«

Dann ging er weiter an einen großen Tisch, wo offenbar seine Kandidatur gefeiert werden sollte.

Obwohl ich den Prinzen erst seit Kurzem kannte, wusste ich, was geschehen würde: Seine Herzensgüte war noch größer als seine Zuneigung für Alas.

Einige Minuten später öffnete sich die Tür des Zimmers 311, und die Schreie der Kinder vermischten sich mit dem begeisterten Bellen des Welpen: Er hatte seine fünf lärmenden Herrchen wiedergefunden.

Als ich an jenem Nachmittag wieder hinter dem Steuer saß, schwor ich mir, ab sofort nur das Beste von meinen Mitmenschen zu denken. Mir war klar geworden, dass es keine Rolle spielt, wie oft ich enttäuscht wurde. Ich beschloss, dass von nun an jeder, den ich kennenlernen würde, grundsätzlich meine Liebe und mein Vertrauen verdient hatte. Und ich war mir sicher, dass ich dadurch ein glücklicherer Mensch und die Welt ein besserer Ort werden würde.

Außerdem hatte ich die Erfahrung gemacht, dass eine positive Haltung gegenüber Menschen und Umständen unfehlbar Menschen und Umstände anzog, die gut für mich waren. Es war, als würde die Realität darauf reagieren, ob ich das Beste oder das Schlimmste erwartete. Vielleicht stimmte ja der Spruch: »Ob du denkst, du wirst triumphieren, oder ob du glaubst, du wirst scheitern: Du wirst recht behalten.«

Ich sah zum Prinzen hinüber, der große Heiterkeit ausstrahlte. Erst in diesem Moment fiel mir auf, dass er den ganzen Vormittag kein böses Wort über jene Familie verloren hatte.

Ich hingegen hatte sofort ausgeschlossen, dass die Kinder den Hund ausgesetzt hatten, und den Vater blind verurteilt. Und was noch schlimmer war: Als ich ihn auf dem Podium gesehen hatte, hatte ich mich gegen meine eigene Philosophie des Verzeihens versündigt und ihm nicht verziehen.

Kurz kam mir der Verdacht, der Junge könnte die Wahrheit von Anfang an gewusst, mich aber nicht über meinen Irrtum aufgeklärt haben, aber ich schob diesen Gedanken gleich wieder beiseite. In diesem Moment erstrahlte auf dem Gesicht des Prinzen ein friedliches Lächeln.

Wir durchquerten ein Tal und näherten uns der Stadt, in der Freunde mich erwarteten, weil ich der Patenonkel ihres ersten Sohnes werden sollte.

An diesem dritten Tag sagte der Prinz kaum ein Wort. Er hörte mir zu und überließ sich ansonsten seinen Gedanken, als wollte er nun, da sich die Reise ihrem Ende näherte, all meine Erfahrung in sich aufsaugen.

»Erzähl mir vom Glück und von der Liebe«, bat er mich plötzlich.

»Was für ein Thema!«, rief ich seufzend. »Darüber kann man länger erzählen als Scheherazade in *Tausendundeine Nacht*. Aber ich will versuchen, dir eine Vorstellung davon zu geben, wie ein Leben mit oder ohne Liebe und Glück aussähe, damit du anschließend deinen eigenen Weg findest. Die Erfahrung hat mich gelehrt, dass es Glück ohne Liebe nicht gibt, Liebe verstanden als eine dauerhafte Leidenschaft für das Leben und ein unablässiges Staunen über alles, was wir mit unseren Sinnen wahrnehmen: Farben, Bewegungen, Töne, Gerüche, Formen.«

»Willst du damit sagen, dass wir alles, was wir tun, mit Liebe tun sollten?«

»Genau«, erwiderte ich, »und mit Leidenschaft, sei es im Beruf, in der Kunst, in der Freundschaft, im Sport, in der Fürsorge oder in der Liebe. Das Glück ist ein Gleichgewicht, für das viele Dinge im Lot sein müssen. Zunächst müssen die Grundbedürfnisse befriedigt sein: genug zu essen, ein Dach über dem Kopf, die Nähe zu anderen Menschen und ein anregendes Umfeld. Dann fordern die komplexeren Bedürfnisse ihren Raum ein: die Sehnsucht nach Transzendenz, die Liebe, der Altruismus und die Suche nach dem Sinn des Lebens. Und dann wollen auch noch Kreativität, Anerkennung, Produktivität und persönliche Entwicklung ihren Platz finden. Um ein harmonisches Gleichgewicht zu erreichen, das unserer Persönlichkeit und unserem Lebensplan entspricht, brauchen wir unsere Intelligenz.«

»Und wie kann ich wissen, was ich erreicht habe?«, fragte der Prinz.

»Glück«, erklärte ich, »ist weniger ein Ziel, das man erreicht wie ein Zug seinen Zielbahnhof, sondern vielmehr eine Art zu reisen, sprich: zu leben.«

»Ein Zug?«

»Glück ist kein passives Gefühl«, fuhr ich fort, als hätte ich seinen Einwurf nicht gehört. »Im Gegenteil, man muss jeden Tag seine ganze Aufmerksamkeit und Kraft darauf verwenden, wenn das Glück zu einem kommen soll.«

»Warum fängst du immer mit dem an, was die Dinge nicht sind?«, beschwerte er sich. »Wenn du das weglassen würdest, bräuchtest du nur die Hälfte der Zeit.« Bevor ich reagieren konnte, zum Beispiel mit einer Bemerkung über die Bipolarität unseres Universums, fragte er: »Was ist ein Zug?«

»Eine Reihe von Waggons, die von einer Lokomotive gezogen werden, auf zwei Schienen, die man Gleise nennt«, antwortete ich knapp, um nicht wieder zu erklären, was ein Zug nicht war.

»Wenn es schon schwierig ist, von dieser Straße abzukommen«, bemerkte der Prinz, »dann ist es vermutlich fast unmöglich, von den Gleisen abzukommen.«

Mein Schweigen bestätigte ihm, dass er recht hatte.

»Auf diesem Planeten scheint es wenig Spielraum für die Freiheit zu geben«, schlussfolgerte er.

Weil es mir absurd vorkam, ausgerechnet jetzt eine Diskussion über den freien Willen zu beginnen, nahm ich lieber das vorige Thema wieder auf.

»Um glücklich zu sein, muss man die Freiheit verteidigen, aber auch das Leben, die Ethik, das Selbstwertgefühl, die Treue und den Frieden. Es ist die Pflicht eines jeden Menschen, dafür einzutreten, dass alle besser leben können. Außerdem ist es die ehrlichste Haltung sich selbst gegenüber und die dienlichste für andere.«

»Was heißt für dich ›besser leben‹?«, fragte der Prinz.

»Besser leben heißt, alles, was das Leben bietet, in seiner Fülle auszukosten, und alles, was uns emotional, materiell und geistig wachsen lässt, willkommen zu heißen.«

Ich musste mich zusammenreißen, um an dieser Stelle innezuhalten und ihm nicht zu erläutern, was das Gegenteil von »besser leben« ist, nämlich »überleben«, was bedeutet: mit dem Minimum leben. Er hatte mich in meinem Stolz verletzt, und ich wollte ihm nicht mehr erklären als nötig, auch auf die Gefahr hin, dass ich mich dadurch nicht klar genug ausdrückte.

»Offenbar muss man viele Dinge haben, um glücklich zu sein«, sagte er.

»Eigentlich nicht«, widersprach ich. »Glück entspringt dem Sein, nicht dem Haben. Glück heißt, das zu schätzen, was man hat, und nicht das zu wollen, was man nicht hat. Manchmal jedoch kann das, was uns fehlt, die Quelle unseres Glücks sein, weil andere uns ergänzen. Wenn wir perfekt wären und alles besäßen, wieso sollten wir dann mit anderen Menschen in Beziehung treten? Jemand hat mir einmal gesagt: Es ist nicht unsere Stärke, die uns nachts warm hält, sondern unsere Verletzlichkeit, weil sie dazu führt, dass andere uns schützen wollen. Der einfachste und direkteste Weg zum Glück besteht darin, die Menschen um uns herum glücklich zu machen.«

Wir schwiegen einen Moment, aber weil mein Freund mich aufmerksam ansah, fuhr ich fort: »Was die Liebe betrifft, ist die größte Wahrheit, die ich kenne, dass man lieben lernt, indem man liebt. Wir alle besitzen die Fähigkeit, andere zu lieben, und sei es, indem wir ihnen ein Lächeln schenken, denn ein Lächeln tut dem, der es schenkt, genauso gut wie dem, der es erhält.«

»Dieser Planet wäre ein wesentlich angenehmerer Ort, wenn sich alle Menschen zum Gruß anlächeln würden«, befand der Prinz.

Ich gab ihm im Stillen recht und erklärte: »Wer wirklich liebt, dem geht es immer darum, was gut für den anderen ist, der vergisst sich selbst. Der wahren Liebe, die alles akzeptiert und alles verzeiht, stehen alle Möglichkeiten offen. Wenn wir in anderen nur das sehen, was sie bereits sind, werden sie auch so bleiben. Wenn wir in ihnen hingegen das sehen, was sie sein könnten, werden sie sich weiterentwickeln. Nichts anderes ist die altruistische Liebe, die alles, was ihr begegnet, vollkommen macht und nicht duldet, dass uns etwas gleichgültig ist.«

»Aber nicht alle Dinge lassen sich mit Liebe lösen«, erwiderte mein Freund, der wahrscheinlich wieder Sehnsucht nach seiner Blume empfand, die er auf seinem im Weltraum verlorenen Asteroiden allein gelassen hatte, wo die Vulkane kurz vor dem Ausbruch standen.

»Irgendetwas kann man immer tun«, entgegnete ich. »Lieben heißt, nicht auf das zu verzichten, was möglich ist. Und wenn dir nichts anderes mehr bleibt, wirst du entdecken, dass die Liebe mehr als genug ist.«

»Es muss sehr traurig sein, nicht geliebt zu werden.«

»Noch trauriger ist es, nicht lieben zu können«, erklärte ich. »Für manche Menschen ist das Böse eine Macht, die sich der Liebe widersetzt. Die größte Tragödie, die einem Menschen widerfahren kann, ist, nicht mehr lieben zu können. Der Mangel an Liebe ist die Hölle.«

»Was ist, wenn man einen Fehler begeht und in der Liebe scheitert?«

»Fehler sind für mich kein Scheitern, denn aus Fehlern lernen wir. Es gibt nur einen wirklichen Fehler, nämlich es nicht immer wieder zu versuchen, und zwar so fantasievoll wie möglich, denn wenn man immer genau das Gleiche wiederholt, kommt man immer wieder zum gleichen Ergebnis. Man kann also in der Liebe gar nicht scheitern. Der einzige Fehler, den man begehen kann, ist, nicht zu lieben.«

»Woher weiß ich, wer meine Hilfe und meine Liebe verdient?«, fragte der Prinz.

»Oft behalten wir unsere Hilfe denen vor, die sie verdienen. Das ist ein großer Fehler, denn es ist nicht unsere Aufgabe, die Verdienste anderer zu beurteilen. Nein, wir müssen nur eines tun: lieben. Mit der Liebe ist es wie mit dem Verzeihen: Wer am meisten liebt, dem wird am meisten gegeben. Wenn Gott alle Menschen gleich liebt, warum sollten wir dann die einen ausschließen und die anderen bevorzugen? Hab Mitleid mit denen, die deine Gutmütigkeit ausnutzen.

Wenn du im Leben immer versuchst, das Beste in jedem Menschen zu entdecken, wirst du am Ende auch das Beste in dir selbst finden.«

»Was ist mit der Angst vor dem Tod?«, fragte er unvermittelt. »Verhindert sie nicht, dass wir glücklich werden?«

»Viele Leute beschäftigen sich ständig mit ihrem Ende, dabei sollten sie ihrem Leben lieber einen wirklichen Anfang geben und dafür sorgen, dass es Früchte trägt. Ich glaube, dass die Seele nicht verloren geht und wir alle früher oder später ans Ziel gelangen. Und sollte dann über uns geurteilt werden, lauten die entscheidenden Fragen: ›Wie viel hast du geliebt?‹, ›Wie viel hast du anderen gegeben?‹ Und nicht: ›Wie viel hast du verdient?‹ Größe wird nichts bedeuten, wenn sie nicht anderen gedient hat.«

Von meinen Emotionen überwältigt, fügte ich hinzu: »Weißt du was: Die Liebe ist sogar stärker als der Tod. Ein Bruder von mir liebte Flügel. Seine Flügel waren bunt. Es heißt, er sei gestorben, aber in meinem Herzen lebt er weiter. Seit jenem Tag glaube ich, dass nur diejenigen wirklich tot sind, die nie geliebt haben. Und diejenigen, die nicht mehr lieben wollen.«

# *19. Kapitel*

Wir erreichten die Ausläufer der Stadt, in der meine Freunde mich erwarteten. Den Prinzen aber erwartete niemand, nicht einmal auf seinem eigenen Planeten. Dieser Gedanke machte mich traurig. Also lud ich ihn ein, mit mir zu kommen.

»Das Leben war großzügig zu mir«, sagte ich, »und ich würde dir gern helfen, solange du Hilfe brauchst.«

»Danke«, erwiderte er, »aber du hast schon genug für mich getan.«

In diesem Moment mussten wir an einer roten Ampel anhalten. Ein Obdachloser näherte sich dem Auto und streckte uns die Hand entgegen. Als der Prinz die Scheibe herunterkurbelte, wehte uns ein starker Alkoholgeruch in die Nase.

»Hast du Geld?«, fragte mich mein junger Freund.

»Ja, aber kein Kleingeld.«

»Dann gib mir, was du hast.«

»Bist du sicher?«, fragte ich zweifelnd, während ich versuchte, mein Portemonnaie herauszuziehen, das sich in meiner Gesäßtasche verklemmt hatte. »Er wird alles für Alkohol ausgeben.«

In diesem Moment sprang die Ampel auf Grün, und das Auto hinter uns begann zu hupen, damit wir losfuhren. Der Obdachlose stand noch immer neben dem geöffneten Fenster.

»Fahr rechts ran, damit die anderen vorbeikönnen«, forderte der Prinz mich auf, und ich stellte wieder einmal fest, dass es unmöglich war, ihm etwas auszuschlagen. »Eben noch hast du mir erklärt, dass wir anderen helfen sollen, egal wem. Und nun haben wir hier jemanden, der uns um Hilfe bittet.«

»Es ist nur so, dass Geld die Probleme dieses Mannes nicht lösen wird«, protestierte ich, obwohl ich normalerweise tatsächlich zu geben versuche, ohne groß darüber nachzudenken.

»Vielleicht hilft ihm der Wein, seine Probleme zu bewältigen«, erwiderte der Prinz. »Wir könnten ihn auch nach seiner Geschichte fragen, um herauszufinden, wie wir ihm wirklich helfen können. Weißt du was?«, sagte er plötzlich, als hätte ihn ein Geistesblitz getroffen. »Ich glaube, das ist eine großartige Idee. Ich werde heute hier übernachten. Vielleicht kann ich etwas für ihn tun, und wenn nicht, wird ihm ein bisschen Gesellschaft bestimmt guttun.«

»Du kannst doch nicht einfach hier auf der Straße schlafen, ohne zu wissen, wer dieser Mann überhaupt ist.«

Der Prinz ließ meinen Einwand nicht gelten. »Du hast mich doch auch einfach am Straßenrand aufgelesen und mir geholfen. Wo ist der Unterschied? Die äußere Erscheinung?

Du selbst hast gesagt, dass wir uns nicht von der äußeren Erscheinung leiten lassen sollen. Du hast deine gute Tat bereits getan, jetzt lass mich meine tun. Fahr zu den Freunden, die dich erwarten. Ich kann hier nützlicher sein.«

Als wäre ihm gerade noch etwas eingefallen, fügte er hinzu: »Komm morgen bei Tagesanbruch wieder. Ich würde mich gern von dir verabschieden.«

Er stieg aus und setzte sich neben den Obdachlosen auf den Boden. Ich war unschlüssig, ob ich weiterfahren sollte und ob ich ihn einfach dort allein lassen konnte, doch er gab mir mit einem Zeichen zu verstehen, dass alles in Ordnung sei.

Der Prinz ging mir ebenso wenig aus dem Kopf wie die Umstände, unter denen unsere Wege sich getrennt hatten. Dass er mit dem Obdachlosen ein vernünftiges Gespräch führen konnte, war äußerst unwahrscheinlich. Wenn jemand beschließt, den Weg der Selbstzerstörung zu gehen, kann man ihn kaum davon abbringen. Es war sogar möglich, dass der Mann gewalttätig reagieren würde. Andererseits war mein Freund fähig, das Unmögliche möglich zu machen, überhaupt schienen ihm mit seinem reinen Herzen und dem offenen Lächeln keine Grenzen gesetzt. Andererseits sah er mit der nach hinten gedrehten Baseballkappe aus wie irgendein dahergelaufener Jugendlicher.

Auf der fröhlichen Feier mit meinen Freunden verblasste das Bild des Prinzen allmählich wie ein Stachel, der keinen Schmerz mehr verursacht. Doch als ich mich in mein weiches, warmes Bett legte, musste ich an den kalten, harten Straßenbelag denken, auf dem er die Nacht verbringen würde. Kurz war ich versucht, zu ihm zu fahren und ihn zu holen, ja, ich verließ sogar schon mein Zimmer, als eine innere Stimme mir sagte, dass ich mich seiner ausdrücklichen Bitte nicht widersetzen durfte. Ich öffnete das Fenster. Es war ein angenehmer Frühlingsabend, trotz des kühlen Windes. Der Mond schien so sanft, dass er dem Abendstern nichts von seinem Glanz nahm. Ich hob den Blick und staunte: Der Himmel über Patagonien war mit unzähligen Sternen übersät. Wenn sich die Menschen nur die Zeit nähmen, zum Firmament zu sehen, dann würden sie immer wieder ins Staunen geraten.

## *20. Kapitel*

Da ich das Fenster offen gelassen hatte, um mich meinem jungen Freund näher zu fühlen, weckte mich das erste Morgenlicht. Ich zog mich schnell an und fuhr, ohne zu frühstücken, zu der Straßenecke, an der ich ihn abgesetzt hatte.

Meine Nervosität legte sich sofort, als ich ihn mit dem Obdachlosen plaudern sah, als wären sie seit jeher gute Freunde.

»Hallo!«, rief der Prinz. Er wirkte so frisch, als hätte er auf einem Bett aus Rosen geschlafen.

»Hallo!«, erwiderte ich seinen Gruß. Neugierig fragte ich: »Und? Wie ist seine Geschichte?«

»Er ist ein guter Mensch, ein Akademiker. Bei einer Routineuntersuchung wurde bei ihm eine unheilbare Krankheit entdeckt, und die Ärzte gaben ihm nur noch zwei oder drei Monate zu leben. Als er die Praxis verließ, war er vollkommen verzweifelt. Um seiner Familie Leid zu ersparen, beschloss er, seinem Leben ein Ende zu setzen. Glücklicherweise hatte er nicht den Mut oder vielmehr die Feigheit, es auch tatsächlich zu tun. Also ging er einfach los, nahm den erstbesten Zug und fuhr hierher, wo er beschloss, auf alles zu verzichten.«

Er lächelte, als er sah, wie überrascht ich war: Wieder einmal hatte ich einen Menschen und eine Situation falsch eingeschätzt.

Der Prinz aber erzählte einfach weiter, ohne sich anmerken zu lassen, dass er mich ertappt hatte. »Ich habe die ganze Nacht gebraucht, um ihn zu überzeugen, dass er zu seiner Familie zurückkehren sollte, um sich lieben und pflegen zu lassen. Wahrscheinlich sind sie froh, ihm einen Teil dessen zurückgeben zu können, was sie von ihm bekommen haben. Die Liebe mag vielleicht nicht ewig währen, aber sie kann grenzenlos sein.«

»So ist es«, sagte ich, gerührt von dieser Geschichte. »Ich habe schon oft gehört, dass die letzten Momente des Lebens intensiver sein können als all die Jahre zuvor. Die Zeit verläuft eben nicht linear. Wie schön wäre es doch, wenn wir jeden Tag so leben könnten, als wäre es unser letzter! Wie viele Dinge wir dann tun würden! Und wie viele Dinge wir vermeiden würden! Außerdem bin ich überzeugt, dass der Tod erst zu uns kommt, wenn wir gelernt haben, was wir auf dieser Welt lernen sollten.« Dann fragte ich meinen jungen Freund: »Was wirst du jetzt tun?«

»Ich werde den Mann nach Hause begleiten und so lange bei ihm und seiner Familie bleiben, wie man mich braucht. Außerdem darf man nie ausschließen, dass vielleicht ein Wunder geschieht«, sagte er lächelnd. Und mit einem Augenzwinkern fügte er hinzu: »Manchmal erweist sich eine Diagnose auch als falsch.«

Dann umarmte er mich. Ich spürte, wie Elektrizität meinen ganzen Körper durchströmte, als lüden sich alle Nerven, Arterien und Zellen mit neuer Energie auf. Kurz hatte ich das Gefühl, zu schweben. Als er sich wieder von mir löste, zwinkerte auch ich ihm zu und sagte: »Ja, wir dürfen nie ausschließen, dass vielleicht auch ein Wunder geschieht.«

Auch der Obdachlose wirkte lebendiger als zuvor, und sein Gesicht hatte nun etwas Gutmütiges, fast Prophetisches.

Als die beiden davongingen, schienen sie ein Licht durch die verschlafenen Straßen der Stadt zu tragen.

Plötzlich begann ich alles aus einem anderen Blickwinkel zu betrachten: Nicht ich hatte den Prinzen Dinge gelehrt, sondern er mich. Mit seinen Fragen hatte er mich die ganze Zeit zu den Antworten geführt, die er selbst bereits kannte. Ich war derjenige, der sich von den Problemen nicht unterkriegen lassen durfte. Ich derjenige, der kein Gespenst und kein seriöser Mensch werden sollte. Ich derjenige, der ein Tier mehr lieben sollte als eine Maschine. Ich derjenige, der sich nicht an die Vergangenheit oder an die Zukunft klammern, sondern in der Gegenwart leben sollte, der das »Haben« vergessen und sich auf das »Sein« konzentrieren sollte. Ich derjenige, der sich nicht mit den Mitteln aufhalten, sondern auf sein Ziel zubewegen sollte. Ich derjenige, der mehr lieben sollte, um glücklich zu sein.

Mein junger Freund hatte lediglich dafür gesorgt, dass ich das Beste an ihm entdeckte, um das Beste an mir selbst zu entdecken.

Ich war Zeuge eines Wunders geworden – eines Wunders, das mich innerhalb von drei Tagen vollkommen verwandelt hatte, eines Wunders, das unbemerkt geschehen war wie alle Wunder der Liebe.

Tränen des Glücks verschleierten meinen Blick. Nun war es an mir, »Danke« zu sagen, obwohl der Prinz bereits zu weit weg war, um es zu hören. In diesem Moment drehte er sich noch einmal um und lächelte mir zu. Sogar auf diese Entfernung blendete mich das weiße Licht, das er ausstrahlte. Und ich wusste, dass mich das Universum selbst anlächelte.

## *Epilog*

Dies also ist die Geschichte meiner Reise, lieber Leser. Ich habe sie aufgeschrieben, damit du nicht weiter so traurig bist.

Ich hoffe, du teilst meine Meinung, dass das Leben schöner ist und wir uns nicht mehr so viele Sorgen zu machen brauchen, jetzt, wo der Prinz zurückgekehrt ist und bei uns bleiben wird.

Ich habe ihn seither nicht mehr gesehen. Aber immer wenn ich lächle und Gelegenheit habe, freundlich zu sein oder etwas für jemanden zu tun, ist mir, als würde ich dadurch eine Welle auslösen. Und wenn der Mensch, dem ich geholfen habe, jemand anderem die Hand reicht oder ihn seinerseits anlächelt, wird aus der Welle eine Flut. Immer wenn ich an den Prinzen denke oder mich nach ihm sehne, versuche ich, solch eine Welle auszulösen. Ich bin mir ganz sicher, dass sie ihn erreicht. Und wenn ich selbst traurig bin und jemand mir zulächelt, dann weiß ich, dass irgendwo, fern oder nah, der Prinz gelächelt hat.

Manchmal ertappe ich mich dabei, dass ich nach dem Prinzen Ausschau halte, wenn ich Kinder in einem Park spielen sehe. Dann rufe ich mir meine eigenen Worte ins

Gedächtnis: *Du darfst dich nicht vor den anderen verschließen, nur weil du deinen Freund suchst.* Ich begreife, dass ich ihn nicht weiter suchen muss, weil ich ja weiß, dass ich ihn mit dem Herzen überall sehen kann.

In meinem Leben hat es Nächte gegeben, in denen ich von einer Stadt zur anderen gefahren bin, von einer Grenze zur anderen, um einen Freund zu suchen. Bis zu jenem Morgen, an dem ich ihn lächelnd in meinem Herzen fand.

Es war eine laue Frühlingsnacht, trotz des kühlen Windes. Der Mond schien so sanft, dass er der Morgendämmerung nichts von ihrem Glanz nahm. Und plötzlich begriff ich, dass ich nur den Blick zum Himmel heben musste.

Da geschah es: Es war, als lächelten mir alle Sterne zu, und als eine leichte Brise aufkam, läuteten sie wie fünfhundert Millionen Glöckchen.

## *Gewidmet ist dieses Buch:*

Jesus Christus, dem Licht, das mich leitet, dem Weg.

Meiner Großmutter María Josefina Miller de Colman, meinem Bruder Andreas Christian, meinen Freunden Juan Ángel Saroba und Gerardo Leone, in memoriam.

Antoine de Saint-Exupéry, weil er mir die Kraft gegeben hat, mir meine Unschuld und Herzensreinheit zu bewahren.

Meinen Eltern, denen es gelungen ist, dass die Liebe Triumphe feiert.

Meinen Geschwistern, Verwandten und Freunden, weil sich mein Glück vermehrt, wenn ich es mit ihnen teile.

Meinen Lehrern und den Schwierigkeiten, die ich auf meinem Weg bewältigen musste, denn sie haben meinen Charakter geformt und mir gestattet, mein Wesen zu entdecken.

Meinen Patenkindern, denn durch sie blicke ich voller Freude und Begeisterung in die Zukunft.

Dem Prinzen, weil ich durch ihn die Gelegenheit hatte, wieder glücklich zu sein, ohne mich dagegen zu wehren.

Mein tiefer Dank gilt all denjenigen, deren Worte und Visionen sich in diesem Werk niedergeschlagen haben. Nach all den Büchern, Gesprächen, Seminaren und Publikationen kann ich nicht mehr genau sagen, wie viel jeder Einzelne dazu beigetragen hat, wie ich denke und fühle. Ich glaube, ich drücke meine Anerkennung am besten dadurch aus, dass ich die Lehren, die sie mir vermittelt haben und die mir nützlich waren, mit anderen teile. Sie und meine Erfahrungen bilden das Fundament für mein Glück und mein spirituelles Wachstum.